主编 凌翔

带你去看海

陈华清 著

天津出版传媒集团

天津人民出版社

图书在版编目 (CIP) 数据

　带你去看海 / 陈华清著 . -- 天津：天津人民出版
社，2021.12
　　（当代作家精品 / 凌翔主编 . 小说卷）
　　ISBN 978-7-201-17765-6

　Ⅰ . ①带… Ⅱ . ①陈… Ⅲ . ①短篇小说—小说集—中
国—当代Ⅳ . ① I247.7

　　中国版本图书馆 CIP 数据核字（2021）第 211342 号

带你去看海
DAI NI QU KANHAI

出　　　版　天津人民出版社
出 版 人　刘　庆
地　　　址　天津市和平区西康路 35 号康岳大厦
邮政编码　300051
邮购电话　（022）23332469
电子信箱　reader@tjrmcbs.com

责任编辑　岳　勇
封面设计　陈　姝
主编邮箱　jfjb-lx2007@163.com

印　　　刷　三河市金元印装有限公司
经　　　销　新华书店
开　　　本　710 毫米 ×1000 毫米　1/16
印　　　张　13
字　　　数　200 千字
版次印次　2021 年 12 月第 1 版　2021 年 12 月第 1 次印刷
定　　　价　48.00 元

序一 精妙的指尖之舞

程思良

在闪小说界，陈华清是一位有着多方面才情的实力派女作家。她是中国寓言文学研究会闪小说专业委员会理事兼特约评论员、广东省闪小说委员会副会长、湛江市作家协会副主席、广东省作家协会会员、中国散文学会会员。其小说、散文、诗歌、童话、评论等，频见于《散文选刊》《散文百家》《中国文学》《延河》《青春美文》，新西兰《先驱报》、泰国《中华日报》等众多海内外报刊。其中，不少作品还被收入各类年度精选本。此外，在全国性散文、小说大奖赛获奖名单中，也屡现其身影。目前，她已有《走出"孤岛"》《海边的珊瑚屋》等十多部长篇小说、散文集、小说集、童话集正式出版，有的还跻身热销书之列。短短几年间，便取得如此成绩，实在可喜可贺。中国作家网、《中国电大报》《湛江日报》等媒体报道过她的事迹，岭南师范学院的龙鸣教授誉其为文坛的一匹"黑马"。

与华清结识多年，因近年来我的兴趣主要放在闪小说上，所以对她在闪小说上显露的才华格外关注。2007年初，闪小说这一小说家族的新样式在拥有九千万网友的全球华人网上家园"天涯社区"的"短文故乡"横空出世，最早的一批开拓者中，便有华清。自那时至今，她对闪小说的热情一直不衰，左手创作，右手评论，左右开弓，均取得引人注目的成绩。其闪小说作品，题材广泛，构思精巧，内蕴丰赡；其闪小说评论，别具只眼，发人之所未发。

华清的闪小说题材丰富多彩，在广阔的天地中纵横驰骋。之所以能如此，乃因其有一双善察人间万相的慧眼和一颗敏感多思的心灵。生活是文学创作的富矿。目之所见，耳之所闻，那些富有意味的素材，经其慧眼鉴识，灵心妙运，无不化而成文。人性美与人情美的熠熠光华，官场仕途的迷雾重重，红尘男女的爱恨情仇，校园风景的五光十色，市井细民的酸甜苦辣，乡村天地的搜奇记逸，科幻世界的奇思妙想……一一奔赴笔端，真实再现了大千世界的斑斓色彩。这些文短意丰的作品，或讴歌真善美，或鞭笞假恶丑，引导人们趋于向上之路。

楚入华清精心营构的闪小说天地，如入春光烂漫的原野，一花一世界，争奇斗艳。其中，那些闪耀着人性美之光的花儿，尤其赏心悦目。华清特别擅长捕捉平凡人身上的人性之美。如《留着给你》中，写为了帮她，他谎称妻子怀孕，每晚去买她的水果，好让她早点收摊回家。后来，她知道了实情，谎称找到一份好工作，实际上却是到城市的另一个角落继续卖水果。两个生活在底层的小人物，相互编织着谎言，然而这谎言是何其美丽！拨开那谎言的面纱，其内是两颗多么美好的心灵！如《最美的康乃馨》，写当邮差的"我"为安娜送信，并为她读信、回信。安娜的丈夫死于战争后，她又把唯一的儿子安东送上战场。可是安东又不幸阵亡了！为了避免这位可怜的母亲遭受致命打击，"我"果断地隐瞒了真相，代安东继续给安娜写信，直到她去世。安娜留给"我"一封信，说她早已知道安东牺牲了，可为了让"我"开心，她一直没说出来。再如《芳香袭人》中，"我"尽管收入微薄，但为了能让一个孤独的老人得到快乐，隐瞒其女因救人而溺死的消息，代其女继续向老人送花……华清的闪小说中，散发着人性美芬芳的作品比比皆是，这是一阕阕人性美的颂歌，在当今社会，弥足珍贵。

小说创作，写什么固然重要，但怎么写亦不容忽视。那些好看耐味的小说佳作，无不追求内容与形式的完美结合。就闪小说而言，因身量十分短小，要在六百字以内的篇幅内达到引人入胜的阅读效果，在怎么写上，尤其重视结构艺术，讲究构思巧妙，杯水兴波，出人意料之外，又有情理之中。华清的闪小说充分体现了闪小说的这一创作特色。如《两地情》，构思精巧，一波三折，堪称佳篇。作者撷取生活中的一个镜头，写一对小夫妻在年三十晚上的长途通话。丈夫强是边防哨卡的老兵，妻子秀在家中照顾老人与襁褓中的孩子。小说开头是他们的一番对话，洋溢着浓浓的暖意。在这个普天同庆的日子里，家中与边关哨卡，一切安好！行文至此，乃平铺直叙，如果继续按此路径演绎故事，殊难出彩。作者显然不会如此。接下来，便笔锋一转，波澜乍起。"听了丈夫的话，秀激动得掉下眼泪，背过身悄悄擦。"为何落泪？设下悬疑，跟着便解疑："秀不敢告诉他，几个月前娘被汽车撞成重伤，几乎丧命。她生下孩子还没有满月，就背着儿子照顾娘。要过年了，娘吵着要回家，昨天才从医院接她回来。儿子感冒发烧，家里冷灶冷锅。"这一转，前后映照，彰显了秀谎言背后的良苦用心。然而，作者并不满足于此，再掀一波，飞来神笔："强也不敢告诉秀，那些歌声、笑声、猜拳声都是他模拟出来的。在这个一个人的哨卡，为了打发寂寞的时光，他学口技，鸟叫虫鸣，雷鸣电闪，欢声笑语，等等。他样样学得惟妙惟肖。"原来强所言亦虚矣！其用心与秀无二。一对小夫妻，浓浓两地情！为了让丈夫安心保家卫国，她隐瞒家里的不幸，用柔弱的肩膀挑起生活的沉重；为了宽慰家人，他学口技，模拟欢声笑语，掩饰边关的孤寂。在华清的闪小说中，类似上文这样娴熟运用"欧·亨利式"手法别开生面出奇制胜的作品不胜枚举，如《梦里喊小芳》《带你去看海》《午夜铃声》《寻找安琪》等，均为让人眼睛一亮的妙构。

华清还擅长在作品中妙用道具。那些道具发挥着多样功能：或用来布局谋篇，或用来塑造人物，或用来揭示主题，或用来渲染气氛……如《最美的康乃馨》中的康乃馨，这一道具的运用便很精彩。"康乃馨"的花语有爱和关怀的寓意，它在小说中具有多重作用，既是展开故事的小道具，推动了情节，又以花喻人，揭示了作品的主题。又如《带你去看海》中的骨灰盒、《芳香袭人》的鲜花、《手套里的爱》的手套，等等，这些被有机地组织进作品中的小道具，也都产生了异乎寻常的艺术功用。

华清闪小说的突出之处尚多。譬如重视标题艺术，颇讲究标题的所指与能指。《桃花美人》《岔道口》《芳香袭人》等诸多作品，因标题具有隐喻与象征意味，便极富艺术张力。

最后，有必要谈一谈华清在闪小说评论方面的建树。在闪小说界，既从事创作又兼攻评论者不多，创作与评论均取得不俗成绩者尤为寥寥。华清在闪小说创作方面取得的成绩有目共睹，但其评论方面的才华却未得到足够的关注。其实，她的闪小说评论大有可观。如《莫言闪小说中的女人》《多元拓展与武侠闪小说戏剧化——程思良及其闪小说》《凌云健笔意纵横——从闪小说集〈心有灵犀〉看文化传统对司马攻的影响》等，这些评论，或高屋建瓴，或烛幽洞微，选题角度颇具新意，论述有理有据，能入能出，充分展现了华清的评论才华。

在闪小说之路上精进不已的华清，已创作出数百篇闪小说，精彩之作纷呈。欣赏其精妙的指尖之舞，在简洁之中蕴藏丰富，在宁静之中风起云涌，在瞬息之间变化万千……绚丽多姿，不啻为一场视觉的盛宴。

（程思良，汉语闪小说发起人、中国寓言文学研究会闪小说专业委员会会长、中国寓言文学研究会副会长、《闪小说》杂志主编。在数百家中外报刊发表一千多篇小说、散文、文艺评论，有作品被译为英语、泰语、菲律宾语等多国文字。出版《迷宫》《前行中的闪小说》等十余部文集，主编八十余部闪小说集。曾应泰国华文作家协会与中国国家图书馆之邀，先后赴曼谷与北京主讲闪小说。)

序二　故事内核的叙述流程与结局设计
——陈华清的闪小说创作研究

刘海涛

　　陈华清的闪小说创作与闪小说的写作规律及文体特征相当吻合。我们基本上都能从她的每一篇闪小说中抓出一个很有审美价值故事内核和闪小说的情节叙述方法来。

　　《最美的康乃馨》是"我"早就得知安东已在战争中牺牲了，但为安慰安东的母亲，"我"就假扮自己是安东来给母亲写信；但母亲却从信封上没有了和安东约定的标记（画一朵康乃馨）心里明白了安东已牺牲，但母亲却是最后在遗书里才告诉"我"信封上康乃馨的含义。两个人互相隐瞒真相，互相安慰对方的善意，便把各自的人性善和人品美，做了让人感动的叙述。

　　《都留给你》的故事框架也是如此：明同情、照顾卖水果的她，故意讲假话：说是怀孕的妻子很想吃水果，所以在每天晚上的10点钟，就会来买完她的水果。可她一旦知道了真相后就对明说：我找到好工作了，不用卖水果了，她不再让明替自己"收水果摊"，而改到城市的另一个角落去卖水果了。两个人虽然都对对方说了假话，但是这个假话里却隐藏着一颗互替对方解难的善心。

《两地情》的故事内核更是这样：当兵的丈夫说在哨卡上过年很快乐开心；妻子也对丈夫隐瞒这母亲车祸重伤、儿子感冒发烧的真相——这一对夫妻互说假话，都是为了让对方开心而不用担心自己。

这三篇写普通人内心的善良和替对方着想的美德，均是通过故事主人公的独特的言行——"善意的谎言"来首先创造故事情节的反常与悬念，而且到故事的结尾才揭开谜底，迅速用一两句话、或一两个细节让反常的故事叙述，使读者阅读后瞬间把握住故事的因果。读者掌握真相之际，也就是看到故事主人公的善心和美德之时。三篇故事基本是"31452"的"折叠＋跳移"式叙述。在故事情节的叙述中，让"善意的谎言"推动故事的发展，并在故事的结尾才最后把"善意的谎言"的真相让读者瞬间顿悟，作家附着在故事真相曝光时的人性美和品德美的创意就闪烁光芒了。

陈华清作品的结尾也很符合闪小说文体的审美特征，在精短的故事中她一定能熟练地设置一个"转折结局"。不过，她的闪小说结尾，反转式的不多，斜升式的也不多，倒是曲转式结局的成功设置，是她的拿手好戏。

《寻找安琪》的故事内核是这样的：一个身穿"天宝"牌童服的小女孩走失了，寻找的人们根据"天宝"童服的线索，一次一次地寻找，但安琪没有找到，倒是"天宝"童装热销了。而在"天宝"服装公司里一个男人却对着一个电脑合成的虚构人物（安琪）发笑。注意：如果说闪小说的结局是安琪终于找到了，从失踪到找到，这就是反转；如果说结局是安琪找了几个月，仍然找不到，这就是斜升；然而以上两种结局都是生活逻辑的必然发生的大概率事件，没有什么意外结尾的意味。而

《寻找安琪》的结局却是——那个失踪的安琪竟是商人用于营销的虚构的合成人物——这就是意想不到的另一件事，偏离故事情节主轨道的另一件事，这就是曲转结局。曲转的内涵相对反转和斜升，它的变化空间更大。

看《午夜铃声》：小王半夜被局长叫去喝酒，喝醉了后回家又接着睡，第二天早上接到了局长和司机醉驾车祸身亡，小王自己连半夜被叫去喝酒一事全盘忘记了。如果小王醉得一塌糊涂，不能回家睡觉，这就是斜升；如果小王半夜喝酒不醉，头脑清醒得很，可以和局长回家，这就是反转，谁知道是局长醉驾身亡，这就是意想不到的另一件事情的曲转了。

再看《选择》：刑满释放的劳改犯性侵女作家的故事，"我"和著名社会学家讨论一个两难的问题：是要报警呢还是原谅他，报警是斜升结尾，原谅却是反转结尾，我们谁都没有想到，却是"我"对社会学家的女儿做了"可以原谅"的事情，这不就是超出了故事主要情节线索的另一件事的曲转式意外结局了吗？

因此，可以这样小结陈华清闪小说的结局类型：她的"曲转结尾"，一般是解开故事情节的悬念后，才发现事件的发展是朝着另一个事件去运行的，是一般人想象不到的另一件事而构成的"转折式变化情节"了。说陈华清的闪小说创作非常鲜明地体现出闪小说文体的独特写作方法和艺术魅力，就是因为我们看到：陈华清的闪小说的题材，她喜欢选一些故事主人公为了别人的利益而压抑自己内心的冲突，通过自己的内心冲突来展现主人公的心地善良和美好人性，用这样的材料来写出闪小说人物的美，寄寓其中的正能量创意，形成陈华清闪小说人物的塑造方法。而陈华清闪小说又较多地采用了曲转结尾，特别是在闪小说极精短的篇幅里，通过在高潮位之上的瞬间释悬，把结尾导向读者一般想象不到的另一件事儿而构成曲转结局。这就是陈华清的闪小说为同学们学习闪小说的题材选择、人物描写、结局设计等方面，都提供了优秀的可展开分析、讨论的教学案例。

陈华清可以说是一个优秀的"双师型"创意写作教师。创意写作课程有些内容能教，有些则不能教。能教的部分我们通过抽象地总结出创意写作的模型、方法，来帮助学生实现有效的学习；不能教的部分，则是通过教师自己的创作形象，告诉学生"跟我这样学写作"。陈华清的文学创作形象就是这样树立的。一个创意写作教师的成长，就是需要通过学习，通过自己的创作来真正实现教师的专业成长，体验到教师职业的快乐感和成就感。

（刘海涛，荣获国务院颁发的政府特殊津贴，岭南师范学院原副院长、中国作协会员、广东写作学会会长。致力于文学写作、微型小说理论和海外华文文学的研究，在海内外出版专著十部，主编教材和论文集十部。）

目　录

第四辑　动物物语

第一辑　心灵点击

留着给你

明一看挂钟 10 点多了，"哎呀"一声，立刻起床要出去。

是不是又去见她？看你浑身酒气，连路都走不稳，你还是不要出去了！明在穿鞋子，老婆在唠叨。

明走出家门，风一吹，酒全醒了。一路小跑，怕迟了见不到她。

你来了！女人见到明，高兴地叫道。她衣着单薄，守着水果摊，在"嗖嗖"的寒风中发抖。

这些都是留给你的！刚才有人想买，我说不卖了。你真是个好人，每晚买水果给老婆吃。女人说。

几个月前，明路经这座立交桥下，看到这个女人深更半夜还在卖水果，他动了恻隐之心，买光了她的水果。

买这么多吃得完吗？她问。

吃得完，我老婆怀孕了，爱吃着呢。你快回家吧！明说。

这以后，像约会似的，每到晚上 10 点多钟，明就来到立交桥下，看看她还在不在。如果水果没卖完，明就全要了。女人也很默契，总是等到明买了水果才收摊。

这两晚都不见你来，是不是老婆生孩子了？女人关切地问。明一拍脑袋，这两天出差在外，把这事给忘了。今晚喝醉酒差点来不了。

又是一个晚上，快 10 点了，明还没来。女人在等他。来了一个自称是明老婆的女人，说他又出差了，叫她过来买水果。

你不是怀孕了吗？他说你怀孕了天天都要吃很多水果，晚上不吃水果就睡不着觉。她惊讶地说。

我儿子都读大学了还怀什么孕？我老公是想帮你啊！他原来不喜欢吃水果，现在家里水果多得吃不完。他怕我骂，天天吃水果，甚至以水果代饭。

明又来买水果了。她怔怔地看着他，说，我找到份好工作，明天开始上班，以后不卖水果了！

后来，有人看见这个女人在城市的另一个角落卖水果。

两地情

年三十晚，正是万家灯火，举家欢庆时。

边防哨卡建在山腰上，雪下得正紧，到处白茫茫一片。

"秀，娘好吗？儿子乖不乖？你也好吗？"强握着电话，连接千万里之远的家。

"好好，大家都好，你放心吧。我们正在吃年夜饭。今年的年夜饭可丰富了，有鸡有鸭有大鱼。对了，我们刚才还在包饺子呢。热气腾腾，香喷喷的，娘一连吃了好几个呢！强哥，你呢？好吗？"强是个老兵，已几年没有回家了。去年秀前去探亲，一来陪他过年，二来想怀上孩子。他们结婚几年了，还没有孩子。那年他回乡结完婚就走，一直没回过家，说是哨卡人手少走不开。

"我也很好啊！今年首长还前来探望我们，跟我们一起过年呢！你听，大伙一边吃年夜饭，一边欣赏春节联欢晚会呢！"

秀听到电视里的歌声，还有大伙的笑声。

"听到了吗？"强问。

"听到了，真热闹！真好！"秀激动得掉下眼泪，背过身悄悄擦。

秀不敢告诉他，几个月前娘被汽车撞成重伤，几乎丧命。她生下孩子还没有满月，就背着儿子照顾娘。要过年了，娘吵着要回家，昨天才从医院接她回来。儿子感冒发烧，家里冷灶冷锅。

强也不敢告诉秀，那些歌声、笑声都是他模拟出来的。在这个孤独的哨卡，为了打发寂寞的时光，他学口技，鸟叫虫鸣，雷鸣电闪，欢声笑语，等等。他样样学得惟妙惟肖。

兄弟

　　村外的空旷地，天高云淡，安静得出奇。兄弟俩将在这里举行一场决定命运的比赛。

　　两人都显得有些疲倦，又胜券在握。

　　裁判员是他们的妹妹。她举起手："预备，跑！"

　　哥跑了一会就累得跑不动了。他昨晚拉肚子，还没恢复元气。弟弟则像一匹脱缰的野马。

　　弟胜出，得意地拍拍哥的肩膀说："我留下！"

　　他们是双胞胎兄弟，今年同时考上重点大学。母亲几年前死了，父亲瘫痪在床，妹妹刚读小学，得有一个人留下来照顾家里。

　　弟说："哥的成绩比我好，你去读大学。"

　　哥说："我是哥，听我的！三年前你做主，这回轮到我了！"

　　两人争得面红耳赤，最后决定赛跑，谁跑得快谁留下。

　　三年前，他们同时考上县重点高中。校长找到弟弟，说如果兄弟俩留在镇中学读书，学费全免，每个月还给两百块生活费。弟答应了，并叮嘱校长不要跟哥说。他以县城太远为借口，留在镇中学读书。哥大骂他没出息，自己到县城读高中了。

哥对比赛结果大为疑惑："我昨晚在你喝的汤里放了药，你也拉了一夜的肚子，怎么还跑得这么快？"

弟嘿嘿一笑："我身体棒呗！"

哥只好收拾行李去上大学。弟送他到村口，拍拍他的肩膀："好好学习，别给弟弟丢脸！"

大学毕业后，哥在省城工作，而弟一直在乡下照顾父亲和妹妹。年三十晚，兄弟喝酒。哥对当年的比赛还是耿耿于怀，醉酒的弟弟道出真相："那天我发现你神情有点怪异，悄悄跟踪你，结果发现你在盛给我的汤里放东西。我没有吭声，趁你不注意，调了包。为了不让你起疑心，我假装拉肚子。"

桃花美人

桃花江两岸种满了桃花。一到春天，十里桃花，千里红艳，如同彩霞落江边，十分漂亮，引得才子佳人，文人骚客争相品赏。

是年春天，皇上带上几个亲信，扮作游客悄然下到桃花江。

"桃花坞里桃花庵，桃花庵下桃花仙。桃花仙人种桃树，又摘桃花换酒钱。"《桃花庵歌》从江边一艘花船传出，传到皇上的耳里，他听得如醉如痴。

"这是桃花江最有名的歌女桃花唱的，据说她美如桃花呢。"小李子附在皇上的耳边说。

"公子请！"在小李子的引见下，皇上见到桃花，果然貌赛桃花，美艳无比，宫中无一女子如她般迷人。

皇上神魂颠倒，天天到花船听桃花唱歌品茗。

他要带桃花回宫中。

"皇上，这可万万不能啊！"小李子极力反对。

"朕喜欢的女人为什么不能带回去？"皇上很不高兴。

“普天之下，莫非王土，率土之滨，莫非王臣。天下女人都是皇上的。只是桃花额头上长着一颗克夫痣。男人跟长着克夫痣的女人在一起不吉利！”

“可恨的克夫痣！”皇上深深地叹口气，只好作罢。

桃花与陈公子早已私订终身，为筹盘缠给他赴京考试，她到花船，只卖艺不卖身。她长得实在太漂亮了，难免有人打她主意。为了断那些有钱公子哥儿娶她的念头，她故意点上克夫痣。

梦里喊小芳

李海最近跟新婚的妻子周梅闹得很僵，都是因为睡觉说梦话惹的祸。

他在梦里喊："我就来……小芳，小芳……你别走啊！呜呜呜。"

"又叫小芳！小芳是谁？是不是你的老相好？"周梅杏眼圆睁。

他从梦中醒来，双眼望着天花板，一句话也不愿说。

"你说话啊，小芳到底是谁？"周梅追问个不停。

"一个朋友！"他半天才憋出一句话。

"男的还是女的？是女的吧？你这么想她，怎么不跟她结婚？你跟我结婚就不准想她！"

"发神经！"他摔门而出。他的第一段婚姻也是因为梦里喊小芳，前妻忍受不了导致离婚。

周梅在湖边找到李海，把失魂似的他带回家。

小芳是他的同学，他们同一年入伍。参军还不到一年，反击战打响了，他们一起奔赴前线。小芳是卫生员，李海是排雷兵。在一次战斗中，李海被地雷炸伤了，小芳帮他包扎好，转身去叫担架队员来抬他。

突然，小芳停下来，喊道："李海，我踩到地雷了，你快远离！"

"小芳，你等等。别动，我来排雷！"李海拖着受伤的腿艰难地向小芳爬去。

"李海，你千万别过来！"小芳焦急地挥挥手，身子剧烈地扭动着。就在这时，一声巨响，李海目睹小芳如花的生命瞬间凋零。

"小芳，你别走啊！"多少年了，他在梦里喊着她的名字，梦里哭醒。

"你为什么不早说？以后，你就大声叫小芳吧！"听完李海的讲述，周梅抱住他，也哭得像个泪人。

看不见的爱

她本是舞蹈演员，一次去演出遇上泥石流。虽保住性命，但视力受损降至几乎为零。

离开心爱的舞台，这简直是要她的命。她趁人不注意，拔掉吸氧管想就此结束性命。"亲爱的，我就是你的眼睛！"他抱着她。

他陪她学会了盲文。百无聊赖中，她把这段经历写下来。

"亲爱的，你写得太好了，简直可以拿去发表了！"

过了一段时间，他兴奋地告诉她，她写的《舞魂》登在报纸上了！

"真的吗？"她拿着报纸，睁着空洞的眼睛左看右瞧，其实什么都看不见。"来，我读给你听。"他接过她手里的报纸，把她扶到阳台，让她坐在椅子上，他和着冬日的阳光读起来。她露出久违的笑容。

他跟她讲美国盲人作家海伦的故事，搂着她曾经圆润的肩膀，鼓励他继续写作。

她觉得人生又有了意义。她从小就喜欢读书写作，现在，她找到了新的方向。她每天写作，写好就交给他。他隔三岔五告诉她，文章发表在哪里。

她成了知名盲人作家。

后来，她接受眼角膜手术。重见光明后，她第一件事就是要看她没成名之前发表的作品以及出版的书。

"亲爱的，那些登有你文章的报刊，还有书，我都送给喜欢你作品的读者了。"他显得非常难堪。

"你怎么不经我同意就自作主张处理了？你懂得它们对我的意义吗？"她生气，不愿跟他说话了，自己去寻找。

其实，他一开始所说的那些报刊根本没有发表过她的文章。因为双目失明，她对生活失去了信心。为了让她重拾信心，他鼓励她写作，还谎称她的作品发表了。受到鼓励，她继续写作。越写越好，终于出名。

归来的大师

大师是举世闻名的艺术家，他扎着一条又长又细的辫子。

他少小离家去国外留学，终成为世界级的大师。现在他要离开世界上最富有的 A 国，回到百废待兴的祖国。

大师回归，振奋人心，举国腾欢，首长亲自接见他。

记者们围得水泄不通。

记者问大师："您放弃国外优越的生活条件，回来为贫穷的祖国尽赤子之心，是吗？"

大师略做思考，然后回答："也可以这么说。"

现场响起热烈的掌声，记者们飞快记录。大师的爱国热情将成为明天各大报纸的头条。

记者由衷地说："大师，您太伟大了！多少人争相去 A 国，而您在祖国最困难的时候回来。"

"我没有你们想象中那么伟大，我回国最直接的原因是，"大师停顿了一下，环顾四周，"我的一个大债主回到祖国，我必须向他追讨巨款。

我有大事要做！"

全场鸦雀无声，记者的笔停在半空。

大师渐渐淡出人们热烈的注视，到后来几乎被人忘记了。

若干年后，在一个远离城市、环境幽静的乡间，出现了一间新建的学校，方圆几百里的乡村孩子免费到这里读书。出钱建这间学校的人，出任校长，还给学生授课。

校长一直扎着一条又长又细的辫子。

最美的康乃馨

　　我当邮差送的第一封信就是给安娜。她的丈夫死于战争，她又把唯一的儿子安东送上战场。

　　孩子，这些康乃馨是安东临走前种的呢！安娜亲切地拉我看。真的，院子里种满康乃馨，粉红粉红的真好看。

　　她拿着我送来的信左看右嗅，在信的一角亲吻着，然后递给我，说她识字不多，叫我帮她读。

　　那是安东的信。信中说，妈妈，又一个春天来了，康乃馨开花了吧？记住啊，每朵花都是儿子送给您的祝福。部队又要开往前线了，可能要很久才能写信。妈妈您多保重，不要牵挂。

　　转眼到了深秋，我听见有人叫"孩子！"原来是安娜。她来镇上看看有没有儿子的信。

　　我不敢告诉她，安东已牺牲了。

　　我又给安娜送信了。是安东的信。

　　你教我识字吧！安娜有一天说。

她会自己读信了，但从来不亲自回信，依旧是她口述，我代笔。

东东，你种的康乃馨开得很漂亮呢，打完仗就回来看吧！她看着院子里的康乃馨发呆，眼泪直打转。我停下笔怔怔地望着她。

刚才说到哪了？她问，赶紧撩起衣角拭眼泪。

安娜走了。她留给我一封信。信中说，安冬知道她识字不多，离家前约定，在信封上画一朵康乃馨，见花如见人。从那个秋天开始，信封上没有画着康乃馨了。她猜是我以安东的名义写的信。

孩子，谢谢你陪我度过这么多美好的时光，我在天堂也会保佑你的。

我怎么没想到康乃馨这个细节？我一直以为自己做得天衣无缝。

我在安娜的墓碑上画上康乃馨，把一束束粉红的康乃馨放在坟墓上。

我一定要找到他

我伤痕累累，命不久矣！但我不能死，我一定要找到他！这一年来，我寻寻觅觅，就是为了找他。找不到他，我死不瞑目啊！

一个大腹便便、五短身材的塌鼻男人，被一群点头哈腰的男女簇拥着，从酒店出来。他嘴叼雪茄，一副不可一世的样子。

我嗅出一种味道，是我熟悉的味道。还有他左脸上的那个大疤痕，激活了我的所有记忆。

没错，就是他！我向他扑过去。

"救命啊！"塌鼻男人如惊弓之鸟。反应过来的人围住我，把我跟塌鼻男掰开。我左扑右腾，又有几个人受伤。他们把我打倒在地，觉得拳打脚踢不过瘾，还叫铁棒支援。

"快打，打死这狗东西！"塌鼻男捂住被我抓伤的脸，气急败坏地狂叫。

在乱棍、铁棒的伺候下，我倒在血泊中。

恍惚中，看见丽丽向我走过来了。

我一直不明白，像丽丽这么好的女子，怎么那么傻跟塌鼻男好？还要嫁给他！他有家有室，位高权重，怎么可能娶丽丽？她怀了他的孩子，又不肯打掉，结果招来杀身之祸。事后被他弄成自杀的样子，居然把警察也蒙了。这可蒙不了我！我悲愤交加，找到他，狠狠咬他，咬伤了他的脸。要不是他人多势众，我非咬死他不可！

　　"给我往死里打，去年就是这狗东西咬我！"我听见塌鼻男声嘶力竭地吼叫。

　　我是一条流浪狗，很快可以见到丽丽了。五年前，我流落街头，饿得快要死的时候了，是善良的丽丽捡我回来，给我一个安稳的家。

　　丽丽，这一世我是你身边的一条狗，来生还要守在你身旁！

卖鸭汤饭的女人

儿子说想吃鸭汤饭，他最喜欢吃用鸭汤煮的饭。

老公自告奋勇说他出去买。

半个多小时后，老公回来了。这么迟才回来，我都快饿死了！儿子不满地说。

我觉得奇怪，楼下卖鸭汤饭的很多。一去一回，最慢也就十多分钟。

老公忙解释，嘿嘿，我到民主路那里买。

民主路离我家隔着几条街，要走二十多分钟的路程。老公是不是脑子有问题？

老爸，你又去买那个漂亮阿姨的饭吧？儿子挤眉弄眼。

哼，原来如此！我狠狠地瞪了老公一眼。漂亮女人做的饭就是好吃吧！我酸不拉叽地说。

你瞎说些什么！老公极不自然地说。

第二天，我特意去民主路，果然见到几个熟食档，都卖鸭肉和鸭汤饭。我故意打电话给老公，说儿子又想吃鸭汤饭。不一会，老公来了。

他走向一个女人的熟食档。那女人长得很漂亮。

我站在一个角落悄悄地观察。

漂亮女人一见我老公就眉开眼笑，老公也满面春风。她手起刀落把鸭砍成一块块，旁边一个长得很像她的小女孩在装饭。老公跟她聊一会就走了。

原来老公跟这个女人有情况！回去之后，我跟他大吵一顿，他死也不承认。

第三天，我又拐到民主路。一个乞丐拿着破碗，伸出脏兮兮的手向这些卖熟食的人讨饭。臭乞丐，走开！一个肥得流油的男人捋起袖子，把乞丐赶走。乞丐转到其他熟食档继续讨吃，不断被赶。

乞丐来到漂亮女人的熟食档前。她用塑料盒装了一盒饭，放两块鸭肉，用塑料袋装鸭汤，笑眯眯地递给乞丐。

我打通老公的手机，说："你以后多些去民主路买鸭汤饭！"

猫样女人

芳长相甜美，个子有一米七。说话嗲声嗲气，就像台湾某著名女明星；走路像模特儿走猫步，性情像猫一样温顺。学生叫她猫老师。

芳喜欢文学，可学校偏偏安排她上"古代汉语"。她读大学时对这门课兴趣不大，成绩也平平。现在上起"古代汉语"课，那些之乎者也啊，平平仄仄啊，芳讲起来索然寡味，学生听起来昏昏然。

一个猫样的时髦女郎，偏偏教老古董的东西，真是阴差阳错。芳觉得自己实在不适合当古汉语老师，继续当下去只能是误人子弟。

学生不喜欢听芳讲古汉语，倒是对芳的穿着打扮感兴趣。

"老师，你的衣服真漂亮，在哪儿买的？"

"老师，你的发型真好看，在哪儿弄的？"

女生爱问她穿着打扮方面的问题。芳聊起来兴味盎然。她告诉学生们服饰要注意 TPO 原则，穿衣要看时间、地点、对象。芳还教女同学怎么化妆，怎么样走路、站立才姿态优美。

学校听从芳的建议，开设了"公关礼仪"这门选修课。全校的女生，都选了芳这门课。

女学生买衣服喜欢请芳当参谋，有些人甚至叫芳帮忙买。这些，芳都很乐意。

"老师，你干脆开个时装店，保证双赢！"

芳说，这个主意值得考虑。不久，她的时装店开张了。

芳根据学生的形体、气质来推荐衣服，衣服又物美价廉，全校的女生都成了芳的常客。

芳后来又增加了一项业务，自行设计衣服。这样她的生意更兴隆了。芳无暇顾及教学工作，就辞了职。

芳后来又开了女子养生馆，生意做得很大，成了时尚界的知名人士。

猫样的女人，把更多的女人变得优雅。

芳香袭人

我在一家花店打工。刚接受一个新任务，隔两天就给李老太送花。据说，这是一个神秘人给她订的花，这已经好多年了。

谁会送花给一个老太婆呢？我很好奇。

老板不肯告诉我是谁，叫我只管送花，别的不要问。好吧，我只是一个打工妹，送花拿工钱，其他的不是我的分内事。

行动不便的李老太自己住，屋子收拾得很干净。她家里到处是花，芳香四溢。

原来负责送花给李老太的李妹辞职，回老家结婚了。李老太见我是新来的，很提防，态度很冷漠。见我对她很友好，才渐渐对我好起来，有好吃的东西都留给我。有时，还给我讲故事。

她拿出相册给我看："这是我老伴，走了好多年了。"说着眼就红了，我赶快拿纸巾给她。

"瞧，这是我的独生女儿，在西藏工作，又漂亮又能干。"说起女儿她满脸的自豪、慈爱。

我拿过她女儿的相片看，女儿的确是漂亮又有气质。

一天，我听见老板问老板娘："李老太的女儿死了，没人付款了，这花还送不送？"

原来，李老太的女儿怕母亲寂寞，就到花店订花让人送上门，一来让人看看母亲安康不，二来有人陪她说说话，解解闷。但她上个月为救一个落水的孩子牺牲了，李老太一直蒙在鼓里。

我又继续给李老太送花了，那花香依然袭人。

虽然我的工资很微薄，但是能让一个孤独的老人得到快乐，这是用多少钱都买不到的！

战地医生

在一个临时搭建的战地医院，医生正忙着在给伤员做手术。

"马上停止手术！"几个持枪的人闯进手术室喊道。

"请你出去！有什么事等做完手术再说！"主刀的吕医生说。

"不行！你马上停止！这是命令！"来人态度坚决。

"我是医生，我只执行救死扶伤的命令！"吕医生继续做手术。

"他是我们的敌人！救活他，我们还会有更多的人伤亡！"来人走到吕医生跟前，阻止他。

"他现在是战俘，是伤员，出于人道主义，我们必须救他！"

"吕医生，这个人就是杀死你独生子的左太郎啊！您还想救他！"来人神情悲痛，看着躺在手术台上的左太郎，恨不得马上将这个双手沾满中国人鲜血的刽子手千刀万剐。

吕医生愣住了，拿手术刀的手无力地垂下。他痛苦地闭上眼睛，心头如浪涛般汹涌。

十八岁的儿子，英姿勃发的身影闪现在他的脑海，而残忍地杀死他儿子的敌人就在他眼前。

　　吕医生浑身颤抖，手术刀掉在地上。他蹲下来迅速捡起手术刀，悲愤地走向手术台上的左太郎。左太郎惊恐万状，求饶道："别杀我！"

　　这时，一个军官模样的人冲进来，对吕医生说："上面有令，一定要救左太郎，我们要撬开他的嘴，获取重要情报！"

　　吕医生重新举起手术刀。左太郎绝望地闭上眼睛。

　　"我现在只是一名医生。请大家出去吧！"他哽咽。

河豚有毒

民国时期，皇家是上海最著名的大酒店。来这里的客人，非富则贵。

酒店最近来了一位姓钟的师傅，他的绝活是宰河豚。河豚营养丰富，味道鲜美，但其卵巢、肝脏和胆囊等处有剧毒，如果弄不干净，吃了，就会中毒而死。

开始吃河豚的客人并不多。钟师傅烹好之后，自己先吃。看见他没事，客人才敢吃。吃过的人都夸河豚的味道非常鲜美。一传十，十传百，来皇家吃河豚的客人越来越多。钟师傅名声大振，他也不用亲自试河豚了。

这天来了几个客人，酒店经理亲自陪同，恭恭敬敬的。钟师傅弄好河豚后，经理叫他试吃。见他安然无恙，来人才动筷子。其中一个叫王立的，是上海有名的美食家，他最爱吃河豚了。品尝过钟师傅的手艺之后，他经常来皇家吃河豚。每次来，他都要一个包间。开头几次还叫钟师傅试吃，后来就不要他试了。

"叫钟师傅来！"有一次王立觉得味道不对，马上命令经理把钟师傅叫来。

"这是我们新引进的河豚品种，味道跟以前有点不同。不过绝对没有毒，请放心享用！"钟师傅说着夹起一块鱼肉放进嘴里，用力嚼起来。

他刚要离开，王力拉住他说："别走，跟我一起吃！"

第二天，上海各大报登着头条新闻"上海名商王力昨吃河豚意外中毒身亡"。

钟师傅的住处外，出现神秘车辆，几个全副武装的神秘人冲进他的屋子，却是人走屋空。

钟师傅的真实身份是地下工作者，这次来上海的任务，就是不惜一切代价铲除日寇走狗王力。每次做河豚，他暗地里烧煮一锅"芦根汤"，以备解毒之用。

李大爷家的麻将声

李大爷今年七十又七了，耳有点背，背有点驼。

"什么？说大声点，听不见！"你跟他说话，他老是听不清楚，侧着耳朵，把一只手放在耳边，叫你重复。重复得多，你也有点烦，懒得跟他说话了。

小区有几个麻将、扑克档，每档都有不少人在玩、在围观。

"我也摸两手。"李大爷最喜欢玩麻将了，可他手脚慢，反应迟钝，大家都不喜欢跟他玩。渐渐地他少出门了，除了出来买菜，整天独自待在家里。

"红中！"

"和了！"

"大四喜！"

最近，李大爷家常常传出麻将声。怪了，只见他偶然出门，并不见什么人在他家出出入入，怎么会有人在里面打麻将？好奇的人站在他家门外偷听，都说的确是听到麻将声呢。

"会不会窝藏逃犯，闲着无事摸摸麻将？"有人猜。

小区的保安每根神经都警惕起来，立即带领人上他家看情况。

大厅里果然放着一张破旧的麻将台。保安寻遍了每个角落，家里除了李大爷，一个人影都没有。

"李大爷，您在跟谁打麻将啊？"

"他们！"他指指麻将台，台上摆着三张相片，分别是老伴、儿子、儿媳。

李大爷有三个子女，两个在外地工作，只有过年时才回家。小儿子原来跟他同住，闲来无事，一家四口就摸麻将。自从老伴走后，小儿子一家也搬出去住了，极少回来。他想念他们的时候，孤独的时候，就把他们的相片摆上来，跟"他们"一起玩，用这种方式打发孤独的时光。

守在下水道的女人

暴雨滂沱，水流如注。街上的水，已漫过小腿。人们走在街上就像趟过河。

有些地下水道的井盖已经被水冲走了，张开黑洞洞的大嘴，一不小心就会被它吃掉。

一个女人守在没有井盖的地下水道旁。她四十多岁，披头散发，满头满脸都是雨水。她的雨伞被风吹走了，她不敢去追，怕离开"岗位"。

"危险，不准从这里走！"女人张开双臂，拦住来人。

"哪来的疯子？"有人不理她，硬是向这边走来。走近一看，妈呀，地上的雨水都往这个洞里流！如果不是这个女人提醒，不知情的人都会掉进井里。

有人拍下这个守在下水道的女人，上传到网络。人们被她的爱心感动了。也有人不相信，怀疑她是在做秀。

记者来采访这个女人，她捂住脸不给记者拍照。

记者觉得这个女人很眼熟，好像在哪里见过。他想起来了，好像是在网上见过她的相片，也是跟下水道有关。他立马用手机上网搜索，果然是她，那个悲痛欲绝的表情，叫所有人都动容。

去年，也是在这个城市，一场大暴雨冲走了城市的井盖，一个如花似玉的姑娘掉进下水道。第三天，她的尸体在一条臭水河被找到。一个女人抱着她的尸体哭得死去活来。

失去独生女儿的女人精神有点失常，但一到下雨天她就很清醒，从家里冲出去，寻觅没有井盖的下水道。

捡来的女人

山娃总是称她是捡来的女人。其实应该是救下的女人。

悬崖山到处都是悬崖绝壁，十分危险。因此，人迹罕至。这天，山娃上悬崖山打猎。他举起枪瞄准一只野兔，正要扣下扳机，突然一个披头散发的女人冲出来。他正要收起猎枪，眼前的情景把他惊呆了：一只起码有两百斤重的黑熊在女人的后面追赶，狠狠地在她的后背抓了一把，厚厚的熊掌扬起，正要拍女人的头。他眼疾手快，"呼"一声，黑熊应声倒下。

他背着昏死过去的女人回家，放在炕上说："娘，这是我捡回来的女人，先照顾好。"说完就走了，他又要上山。那头黑熊可值钱了。

女人的伤渐渐好了，可俊了。他从来没有见过这么俊的女人，还很年轻。他看得眼睛都直了。"做我的女人吧！"他火辣辣地盯着她说。她点头，又摇头，还是不爱说话。

半夜他起来撒尿，习惯地把耳朵贴在门上偷听，没听到女人熟悉的鼻鼾声，只听到母亲的咳嗽声。他心一震，推开房门，女人不见了。屋内屋外都找遍了，还是不见她的影子。

这没良心的女人！不愿意就算了，干嘛要跑？山娃心里狠狠地骂道。

一个多月后，女人自己回来了。山娃欢喜，又故意不理她。

"大哥如果不嫌弃，我以后就跟你过日子。"女人低着头说。

"你干嘛跑了？"山娃问。

"我上山采草药给男人治病，遇到黑熊。幸好被你救了。我的伤好点后，挂着男人的病，又怕你不同意我走，就三更半夜偷偷溜走了。我回家没多久男人就死了。"头七"一过，我就来找你。你是我的救命恩人！"女人有些害羞。

"你真的愿意跟我过日子？"

女人点头。

特别的年夜饭

年三十，北风凛冽，雪下得正紧。

"儿啊，你可回家了，让妈好好看看你！"一年多无音信的儿子突然回来了，她欢喜地抱着他，抚摸他的脸。他还是那么英俊，只是多了些阴郁。

"妈，家里还有什么人吗？"

"没有。你爹死得早，就妈一个人在家。"

他放下手中的袋子，说累了，想睡一会。

她习惯地打开电视，很快关掉，不看了。她去做除夕年夜饭，很用心做，把这二十多年对儿子的爱都做进去。

做好年夜饭，她走进他的房间，慈爱地看着他的脸。他猛然醒了，紧紧抱住那个袋子。

"儿啊，你这一年在外面做什么呢？如果做错事了可要跟妈说。"

"妈，你别乱想，儿没做坏事。放心吧！"

"那就好，咱娘儿俩一起吃年夜饭吧！"她做了满满一桌好吃的东西，红烧肉、辣子鸡，全是他喜欢吃的东西。

她不断往他碗里夹菜，叫他多吃妈妈做的饭菜。

"妈，别光是往我碗里夹菜，你也吃吧！"

"好，妈吃！你也多吃！"

第二天早上，他打开门一看，警察早已把他家围得水泄不通。

"儿，别怪妈妈！"她的心在滴血。

昨天，她在电视上看到一则通缉令。天啊，那个身负几条人命的头号通辑犯竟是自己的儿子！她想劝其自首，但他不承认自已做错事。她守寡多年，儿子是她唯一的希望，可是他出去会伤害更多无辜的人。她忍住悲痛，悄悄地报了警。她要求警察不要冲进她家里抓人，让他吃完最后的年夜饭，好好享受最后的天伦之乐。

偷面包的女孩

在一个城中村的小商店，一个十岁左右的小女孩，一双怯生生的大眼睛左看右瞅，拿起一个面包就跑。

"小偷，放下东西！"胖胖的老板娘大声喊叫，一把抓住她。女孩把面包塞进衣服里面，紧紧捂住，任老板娘打骂就是不放手。

"乡下妹，竟然敢偷东西，看我不修理你！"一个壮实的男人把她推倒在地，按住她，一把扯掉女孩的衣服。面包掉出来，女孩骨瘦如柴的身子也裸露在众人面前。

"住手！你们这样对待一个孩子，大过分了！"我实在看不过眼，"面包要多少钱？我付！"

"面包是你的了，吃吧！"我把另外买的面包递给女孩。

女孩拿过香喷喷的面包，拼命地吞吞口水，但不舍得吃，撒腿就跑，还不时回头看有没有人追上来。

"妈妈，快吃！"女孩回到破落的出租屋，把面包递给躺在床上的母亲。

"娃呀，你也几天没吃东西了，你吃吧，妈不饿！"

看到这一幕，我的眼泪忍不住掉下来。

"她是谁？"女孩妈指着我问。

"是她帮我买的面包。"女孩说。

女孩妈叫我进屋，告诉我他们一家的境遇。

他们是从乡下到城里打工的农民，老板已经拖欠工钱一年多了，家里穷得揭不开锅。屋漏偏遭连夜雨，她又重病卧床不起。因为没钱看医生，卧在床上听天由命。

我是一名记者。我把自己这几天明查暗访所看到的写成报道。

有一天，我刚下班就被人拦住。那个偷面包的女孩也在。

"老板给我爸发工钱了，他说要请你吃饭！"女孩指着一个中年男子说，笑嘻嘻，很阳光。

龙眼成熟了

"你们这班小兔崽子，竟然翻墙偷摘我家龙眼！"三婶从地里回来，见到一群小孩在她家的龙眼树上正摘得欢。

全村就数三婶家的龙眼最好吃了，个大、核小，香甜滑口。不少人出高价买她的龙眼树，可三婶就是不同意。

三婶的老头子早早就到阎王爷那里报到了，她平时跟儿子平宝住在城里。每到龙眼成熟的季节，她怕龙眼被人偷了，就从城里回到乡下，很宝贝地守着。日防夜守，可刚离开一会儿，龙眼就被人摘了。

她本想过两天叫人帮忙摘，可现在的情形还能等吗？再等恐怕连龙眼壳都没有了。

低处的龙眼被偷光了，只有高处还有些。三婶提着大竹筐爬上树。到底是年纪大了，手脚直哆嗦，头又昏，眼又花，她一脚踩空，从树上掉下来。

二伯把三婶送到医院，再打电话告诉平宝。

"妈，我够忙的了，你还给我添乱！叫你不要回乡下，你偏不听！"

平宝一到医院就直埋怨。三婶像做错事的孩子不敢抬头看他。

"你怎能这样说你妈？她想摘龙眼给你吃，连老命都不顾了！"二伯实在看不过眼。

平宝不理二伯，继续骂三婶："城里好吃的龙眼多得没地方放，妈，你真是犯贱！"

三婶眼含泪水，不说话。

二伯骂道："平宝，你还是人吗？这样骂自己的母亲！"

平宝把二伯拉到门外，压低声音说："二伯，您以为我不知道妈是为我好吗？我要是不这样骂她，下次还不知搞出什么大祸来！"

爱的传递

有人挥手。出租车停下了。

"去西河路。"两人同时说。一个是腿有残疾的中年人，一个是年轻的男子。

"现在是下班高峰，拦车不容易。你们同路，可不可以一起坐？费用平均。"司机建议。

男子看看残疾人，不悦，想到拦车不容易也只好同意了。

残疾人先下车。司机只是象征性地收他一元。他不同意，要把应该由他出的那部分费用给司机。司机又把钱塞回给他，说："拿着吧，我赚钱比你容易些。"

男子下车，把应该由残疾人出的费用付了。司机推回给他。男子说："拿着吧，我赚钱比你容易些！"

"老婆，我回来了！"男子回到家习惯性地喊。老婆忙从厨房里跑出来，像平时一样拿出鞋子给他换。

"我自己来。"他说。老婆很是吃惊。

看见老婆正围着围裙在厨房里忙，他过来帮忙。

"你去歇着吧，这事我一人做就行了。"老婆忙叫他出去。

"你又要上班，又要做家务，真不容易。让我帮帮你吧！"他坚持。
老婆一听，感动极了。结婚这么多年，他从来没有做过家务，她像保姆
一样照顾他的起居。他理所当然地享受着她的照顾，从来没说过感谢的
话语。

吃完饭，刚读一年级的儿子抢着收拾饭桌、洗碗。

"爸爸妈妈，你们辛苦了。这样的小事，就让儿子来做吧！"这小家
伙平时一吃完饭，碗筷一扔就去看动画片了。

热爱

我狂热地爱着别人的老公。

自从第一眼见到他，我就深深爱上，再也无法割舍。想起他，我的心就涌起万般柔情蜜意；见不到他，就会牵肠挂肚，心隐隐作痛。他已成了我生命中最重要的一部分，我爱他，甚至超过我的丈夫。

"亲一下！"见到他我就要紧紧抱着，在他脸上印下雨点似的吻。他"格格"地笑，扬着脸，要我继续亲，很是享受。

"你也亲亲我，嗯，在这里。"我指指自己脸颊。他捧着我的脸，"叭"地一声在我脸留下笨拙而甜蜜的吻痕。他也爱上亲吻，喜欢用这种方式表达对我的爱。

"亲亲你！"当我要出去的时候，他跑过来抱着我脖子吻别，"早点回来哦。"晚上，我要抱着他，握着他的手才睡得着。一天不见他，我就会失魂落魄。

闲着的时候，我喜欢脉脉地注视着他，他的一举一动都叫我喜欢。看着他，心像春天的花一拨一拨地开，幸福的暖流弥漫在简陋的家。我觉得自己是天底下最幸福的女人了，对上苍充满了感激。

我渐渐冷落了老公，他埋怨、妒忌。

"老婆，你这套睡衣真漂亮！"老公抚摸着我的肩膀，眼里全是期待。

"你去客房睡吧！"我拿下他的手，把他推出门外。

"你把他当老公算了！"老公怒不可遏。

"你怎能说这种昏话？他是你儿子，他才三岁啊！"

英雄

"三十多年了，平儿一次都没回过。你们都别瞒我了，他肯定不在人世了。这些年给我们家寄钱寄物的那个人，你们，咳咳，要找到。"病入膏肓的奶奶念叨。

奶奶说的平儿，是我爸爸的哥哥平伯。

平伯的确是不在了，这事除了奶奶，全家人都知道。

在那场战争中，平伯牺牲了。家里人怕奶奶伤心，哄她说平儿工作忙没时间回家。不久，就有一个署名为"你的平儿"的人写信、寄钱寄物给奶奶。她不识字，我们正好顺水推舟说是平伯寄的。

这么多年，我们也托人查过"你的平儿"，但没结果，只知道他在广东。

后来，我们终于找到"平儿"了。原来是平伯的战友张明。我在海边一间简陋的出租屋里，见到张明。他衣着破旧，头发花白，满脸沧桑。

"张伯，您生活艰难，这么多年还照顾我们的家人！"我鼻子发酸，"我替九泉之下的平伯感谢您！"

他嘴唇哆嗦，说："我的命是平兄换来的，该死的是我！"

当年他们奉命炸敌人的碉堡。张明受了伤，平伯独自去炸，像董存瑞似的舍身炸掉碉堡，为战役扫平障碍。

"你们都是真正的英雄！"我由衷地说。

"不，我不是英雄！我是狗熊！"他掩面痛哭，"我们都立了功，但我对这个英雄称号很愧疚。复员到地方后，我曾悄悄地到李平兄的村子。看到他家很穷，我更是内疚。我辞职到广东打工，希望赚多些钱，用来帮助平兄的家人。"

"有您的帮助，我们家才摆脱贫困。感谢您！"我真诚地说。

"我所做的一切只是还良心债！当年我受的只是轻伤，我还能去炸碉堡，但我怕死，假装伤得动不了！"

承诺

英觉得老公周明这一年变化很大，前段时间他每天早上去跑步，然后雷打不动地买回豆浆、油条。他以前最喜欢吃她熬的粥，现在叫她不要做早餐，说反正出去跑步，顺便买回来。

这油条炸得硬梆梆的，还有一股焦味，一点也不好吃。英皱起眉头。

好吃着呢。明抓起油条就咬，又喝了一口豆浆，津津有味地嚼起来。等她们走开，就皱着眉头咽下去。他当然知道这油条不好吃，但是他一定要吃。

姐，我看见姐夫在市场帮一个女人卖手撕鸡。妹说。

英赶快跑到市场，果然见到明，旁边还有一个男孩。女人三十多岁模样，土里土气。她正忙着用手撕鸡，他帮忙打包，收钱。

我说你这段时间怎么老是迟迟才回家！还说是加班，原来在这里加班！在外面搞了女人，还生了孩子！我哪里比不上这个土得掉渣的乡下女人？英大声嚷嚷。

人们都围过来看热闹。

有话回去再说！明小声说。

大姐，我跟大哥没什么，儿子是我死鬼老公的。别误会！乡下女人解释。

明和女人的老公都在石场工作，是好兄弟。两年前，石场塌方，他们被困在里面，两人都受伤了。他们说，这一走丢下孤儿寡母的真不放心，谁如果活着出去就帮帮对方的妻儿吧。

明得救了，女人的老公死了。

女人刚从农村出来，没工作。明说周围有很多居民，卖早点吧。明天天去买她的早点。她做的早点不好吃，没几个人光顾。她改做家乡的手撕鸡，很受欢迎，忙不过来的时候，明下班就过来帮忙。

听完明的解释，女人很是不安，说，大姐，是我不好，大哥以后不要再来帮我忙了。

不！英说，他要来帮忙，我也要来！

公正

英带着儿子文嫁给王六。王六有一个儿子武和文同年，都是七岁。武比文小一天。

过节了，英宰了一只鸡。好久没吃过肉的文和武比赛似地拼命夹鸡肉吃。

英说："你们别老是光顾着吃鸡，吃点别的菜，留点鸡肉给其他人吃。"她把文夹到自己碗里的鸡肉夹回盘子里，夹一棵青菜给他。

武说："我就是吃鸡肉，你管不着。"

奶奶骂道："你这后娘真歹毒，孩子吃点鸡肉，你也有意见。孙子，你爱吃就吃！"说完把一个鸡腿夹到武的碗里。

两人光顾着玩不做作业。英要他们先做好作业再玩。武乜斜着眼说："我爱做就做，不用你管！"

英狠狠地打文："你是哥哥，不带好弟弟。敢不好好学习，我打死你！"

武带文偷村人的龙眼，他爬树摘，文在下面捡。村人上门告状。英好话说了几箩筐，又赔了钱，村人才息怒。

英把文绑在树上，用湿了水的藤条狠狠打他，边打边骂："小时偷针，大时偷金。再敢偷，非打死你不可！"

文被打得皮开肉绽，求饶道："妈妈，我不敢了，别打我！"

对武，英一句责备的话都不说。

夜晚，儿子睡着的时候。她细细地抚摩着被自己打伤的儿子，泪水滴落在他的伤口上。

村里人都说英是个好后娘。

文常抱怨，妈太偏心了。武常说，我的事不用你管！

二十年后，法院审理一宗抢劫杀人案。巧得很，法官是文，杀人嫌疑犯是武。

奶奶拄着拐杖，颤巍巍地来找文，张着没牙的嘴说："文仔，武仔是你弟弟，你一定要帮他呀！"

英说："妈妈当年为求得好名声，偏心武仔，结果害了他。儿啊，你要公正地审理，千万不能偏心纵容。不然，妈就不认你这个儿子！"

第二辑　人间有情

喜子

满家世代以制作鞭炮炸药为生。

喜子生下时，头大、眼凸、嘴宽，下人私下里说他像癞蛤蟆。他人丑性烈，顽皮捣蛋的事没少做。看见哪个鱼塘鱼肥虾美，他扔下一个炸药，那些游得正欢的鱼虾立马白肚儿向上。谁咳嗽了他，这家人的鸡窝鸭寮保证被炸得鸡飞蛋打。

"姐姐，喜子的聪明不用在正道上，这样下去定是祸害一方，不如让他跟我到省城读书吧！"在省城教书的小舅子说。满爸满妈虽然舍不得独生子，可这孩子的确不像样，整天惹事生非，天天有人上门告状。

喜子跟着小舅子到省城一待就是八年。十八岁那年，满爸病重不起，喜子只好回到家乡，听从满爸的遗嘱，继承祖业，干起制造鞭炮炸药的营生。

日本鬼子攻陷东北三省后，又把魔爪伸向喜子的家乡。有一天，鬼子把喜子抓起来，说他向游击队提供炸药，把他打得遍体鳞伤。

太君说："跟我们合作，饶你不死！"

喜子同意了。

满家的作坊变成日本军的兵工厂，日夜制作炸药。那些不愿意给鬼子卖命而逃跑的工人，抓回来后全部被枪毙了。村民对喜子恨之入骨，骂他"卖国贼"。地下工作者派人暗杀他几次都失败了。

"满家列祖列宗的脸都给你丢尽了！"满妈见劝阻不了他，用绳子往脖子一勒，走了。

太君设宴招待喜子。酒还没过三巡，前方传来坏消息，那些满载炸药的军车半路突然自动爆炸。

"你的大大地坏！"太君把利剑顶在喜子的胸口。喜子面不改色，抓住利剑往下一划，露出捆绑在身的炸药。

"快跑！"太君的话音还没落，"轰"一声，日军司令部夷为平地。

刘小姐

刘小姐十六岁生日那晚被蒙面人劫持。蒙面人不敌家丁，被他们暴打。

"住手，不准打他！"小姐喊道，扑上去，用身子挡住蒙面人。

"女儿，你疯了！"竟然当众袒护劫匪！这实在太过分了。刘父怒不可遏。

"回屋里再说。"夫人觉得事情有蹊跷，忙打圆场。

一进屋，余怒未消的刘父，先给小姐一巴掌："敢当着众人落我的面子！你跟那个劫匪是不是事先约好？"

夫人忙挡在刘小姐前面："女儿，你今晚也实在是太出格了，怨不得你爹生气。"

"爹爹不守信用，言而无信，怎么就没想到丢面子？"她不甘示弱，"是你逼我们这样做的！"

"胡说！"

"爹爹还记得好朋友卢俊吗？"

他当然记得，还是他提出跟富商卢俊结为儿女亲家的。

三年前，正是桃花盛开的时节，刘小姐瞒着爹妈，跟奶妈悄悄逛庙会。在庙会，她与一公子在桃花树下相识。一个娇美如桃花，一个风流倜傥，两人一见钟情，互留信物。

奶妈告诉她，这个人就是卢公子！刘小姐喜不自胜，天天盼着爹爹早点给他们完婚。她不好意思提出，就叫奶妈说道。没想到父亲竟然嫌贫爱富悔婚，要将她许给另一个富家公子。

她不从，善良的奶妈设计了这场"劫持"。

卢公子被家丁打得奄奄一息，伤势过重不治身亡。

"哈哈！"刘小姐知道后怪笑两声，从此疯疯颠颠。

后来，刘家再也没有刘小姐了。有人说她死了，就吊死在他们相遇的那棵桃树下。也有人说，在念慈庵见到一尼姑很像刘小姐。

桃花眼

他们在一个文学颁奖会上认识，互生好感。颁奖会后去"天涯海角"采风。导游说，来到天涯海角，给你心爱的人说声"我爱你"吧。

他转到一块大石头后面，给她发短信：

"你的眼睛像桃花，绽放在我青春的枝头。桃花，桃花，我问你，可不可以，绽放在我生命的每个日子？"

"我愿做一朵永不凋零的桃花，绽放在你的每个季节。"她甜蜜地回复。

他拉她到沙滩上，画两个大大的心，一支丘比特之箭射过两颗心。他们对着大海喊：海可枯，石可烂，我们的爱不变！

他们爱得如胶似膝。他把她带回家给母亲看。母亲打量她，脸色变得很难看。

母亲不喜欢她，说她是桃花眼，潘金莲命，克夫。

他是个孝子，一下苍老了许多。

她提出分手，换了手机号码，像是从人间蒸发了。

他疯了似的到处找她。

终于，他在一间简陋的屋子找到她。有人告诉他，她和一个男子住在这里。

谁来了？她扶着墙站起来问。戴着大大的墨镜，遮住大半个脸。半年不见，她憔悴得像秋天的落叶。

你让我找得好苦！告诉我这到底是怎么回事？他抓住她的双臂，要摘下她的墨镜。她死死护住不让他摘。

走吧，我已结婚了！她从屋里拉出一个年轻的男子，搂住他的腰。男子扶住她，就像是她的拐杖。

他黯然离开。

等一等！那个年轻的男子追上他。

男子告诉他，她为了讨他母亲喜欢，悄悄去整容，要把桃花眼整掉。手术失败，视力几乎为零。男子是她的忠实读者，自愿照顾她。

回去吧，她一直爱着你！男子说。

他跑回她的陋室，握着她的手说，让我做你的眼睛吧！

当年桃花

你认识陈桃花吗？当陈伟得知我在 S 县教书，向我打听这个人。

桃花是你的什么人？我问。

一个叫我带她去看海的女孩。伟点燃一支烟。

二十年前，伟为了写一部反映农村生活的长篇小说，到 S 县体验生活，住在桃花村。有一晚伟听见有人念仓央嘉措的诗。原来是在村小学当老师的桃花姑娘。

桃花给伟的创作提供了很多方便，也使伟的生活变得丰富。伟那时已结婚，但是爱情还是如山上的桃花开得灿烂无比。

大海是怎么样的？这个山里妹子从没有见过大海。

大海很美，碧的海，银的沙，还有数不尽的鱼虾蟹。伟搂着她描绘大海的美景，说，我带你去看海！

一言为定！他们拉勾。

回城后伟忙着写小说。这部小说获得很大的成功，伟因此调到京城工作。伟曾经托人找她，可是她已离开桃花村不知所向。

我颇费周折找到桃花。她在镇中心小学教书，早已结婚生子。

太好了！我们去找她，这次我要偿她心愿带她去看海。伟兴奋得直搓手，像个初恋的少男。

车子停在她的学校，伟突然不肯下车。看，那个就是当年桃花！我指着一个刚从教室里出来的女教师。下来跟她打个招呼吧。我说。

伟透过窗玻璃目不转睛地看着她，摘下眼镜，揉揉发红的眼睛，说，桃花看起来很幸福，我就不打扰了！

最好的年华

他身穿唐时衣衫，活脱脱风流才子唐伯虎再世。他骑着一匹高头大马，"得得"前往桃花岛。

这是十年前她和他设计好的情节。为了他们的第一次见面，他们设计了无数个情节。

那时她二十岁，正是花一样的年龄，多梦的季节。因为喜欢文学，他们走在一起。他生活在冰天雪地的雪国，她生活在四季如春的春城，相隔几千里。

她说，你要在我最好的年华与我相遇。每年的三月初三，我会在桃花岛等你。你骑着高头大马飘然而来，我在桃花树下静然等候。

每年的三月初三，她如约来到桃花岛，在那棵夭夭如灼的桃花树下等他。

十年的光阴一晃而过。

他终于来到了那棵繁花似锦的桃花树下，从马上跳下来。

从清晨到黄昏一直不见她的影子。

我来了，你却不在了。他叹息。

他牵着马转身，一个婀娜的身影立在桃花的尽头。

你终于来了！他欢喜地迎上去。她还是那么年轻漂亮，像十年前那样。

女孩说，你等的人不是我，是小姨。这十年里，小姨年年三月初三在桃花岛上等他。如今，她最美的年华已过去。她知道他最终会来的，叫女孩过来告诉他，她不愿意让他看到她韶华已逝的模样。

他黯然伤神。这十年正是他最潦倒的时候，他不愿意让她看到落魄的模样。如今他春风得意了才敢来赴约。

她最好的年华，他缺席；他最好的年华，她隐退。

时光总是被错过。

在那桃花盛开的地方

她叫桃花，也美如桃花。

"桃花啊，桃花，你应该生活在桃花盛开的地方！"他说。

"你那里有桃花吗？"桃花问。

"我的村子叫桃花村，你说有没有桃花呢？"她想叫桃花村的地方一定有桃花，一定很美。就是因为他的这句话，她选择了他。在这之前，她一直徘徊在他和另一个男孩的追求中，在她眼里，他们同样的优秀，难以取舍。

他的村子，根本没有桃花。"你骗人！"她生气了。

"不骗你，我会叫这里变成真正的桃花村！明年你来，如果看不到桃花朵朵红，你就不要再理我了。"

她回南方继续打工，他则留下。

一年后，她践约来到桃花村，没有想象中的十里桃红，花海如潮。她又失望了。

"你跟我来！"他带她到离村子不远的山坡，山坡上种着几百亩的桃树，已有一米多高了。

"这是我租村里的荒地种的，明年春天就开花了！"他兴奋地说。

"去年，你说过，如果我今年看不到桃花朵朵红，就让我离开你。我看不到一朵桃花！"她阴着脸。

"我是说过。我原来不知道桃树种下要等两年才开花。"他沮丧极了，"你走吧。"

"你叫我走，我偏不走，我要留下来，等桃花盛开！"她调皮地眨眨眼。

后来，人们叫她桃花嫂。每年春天，他们的桃花园成了花海、人海，前来观赏桃花的游人络绎不绝，他们也成了闻名遐迩的桃花种植园主。桃花村成为名副其实的桃花村，村里不少人再也不到外面打工了，跟他们一样种花种树。

我愿意

他们刚大学毕业，租住在郊区的农民出租屋，穷得只剩下爱情了。郊外的月光如水般洒在他们身上。你向后转，闭上眼睛，他说。好了，请转过身。她一转身，他把一个草编织的戒指戴在她手指上。

愿意嫁给我吗？

我愿意！她幸福地搂着他的脖子。

往后的岁月，她把这个草戒指珍藏着。虽然草早已枯萎，但她的爱依然鲜活。

他肾衰竭，最好的办法是换肾。像他们这样的家庭哪里有钱买肾？

摘我的肾吧！她偷偷找医生检查。她的肾跟他的匹配。

"你疯了！"他不同意，"你那么瘦弱，怎么承受得起？"

"只要能救你，我愿意！"她说。

他们同时被推进手术室。他握住她的手说，下辈子我还要娶你，我负责爱你，你负责幸福。

只有一个肾的她越发苍老了，不到四十岁已像个老太婆。而他生意越做越大。他给很多女人买楼，到处炫耀有多少女人。他最宠爱莉，把财政大权都交给她。

她从豪华别墅搬回原来的旧屋。说那里虽旧，可曾恩爱满屋。她整天吃斋念佛。

他破产了。她们跑来向他要青春损失费，把所有值钱的东西都拿走。他气得吐血，躺在医院，没有一个人来看他。

莉来了，他感动得热泪盈眶说，总算没白疼你一场。

"你改了存折密码？快告诉我新密码！"莉狰狞的面孔像来自地狱。一个和她一起来的男人，见他不肯说，揪住他一阵痛打。

他无家可归，走着走着就到了旧屋。她正在闭目念经。

"我想在这里歇歇，你愿意吗？"他怯怯地问。

"我愿意！"她手持佛珠，面似菩萨。

带你去看海

老公，你再也不能健走如飞了，让我抱着你上飞机，这是你第一次坐飞机。

结婚这么多年，你抱过我无数次。那一年我生孩子落下病，你抱着我上下床，抱我出来看电视，抱我下楼晒太阳。你说出来活动活动，呼吸新鲜空气对身体有益。你背着个子比你还高大的我，汗流浃背。我心疼你，硬是不肯给你背，你狠狠地训斥我，不由分说，又把我背上你瘦弱的背，从七楼下到一楼，气喘吁吁，累得话都说不出来。

老公，看到没有，这就是大海，这就是你向往的天涯海角！新婚之夜，你搂着我说，要带我去周游世界，去天涯海角。我说，好，我等你。这一等就是二十年。你一直为没钱带我出来而内疚。我没有责怪过你。

去年地震，我被压在废墟下，逃出去的你，又折回来救我。你死死抵住水泥板，给我撑起希望。把唯一的一瓶水全让给我喝。几天几夜，没有人来救援，我绝望了。你说，一定要坚持！出去了，我们去看天涯海角！

是的，我们终于出来了！

老公，你生前没机会去看大海，从今以后你就永远和大海在一起。

面对大海，我打开一个盒子，抓一把骨灰，撒入大海。

不能打烂的幸福

艾伟，我帮你找到一份工作了，在珠三角，工资很高！

我兴冲冲地打电话告诉艾伟这个消息。他是我的初中同学，原来在工厂当技术员，现在下岗了。

谢谢你，现在不能走了！电话那头，没有我想象中的开心。这家伙怎么啦？前些日子整天叫我托人帮他找工作，好不容易找到了他却不想做了。

原来有女人了！难怪你不想出去工作了。在他的菜摊，我看到一个女子在帮忙。

别笑话我了！艾伟见到我显得很不好意思。那女子笑容可掬地跟我打招呼，很是迷人。

她很漂亮。你真有艳福，好好过日子！我小声对他说。

那是，再苦再累都要坚持下去！艾伟擦擦额头上的汗珠说。

一天，我去市场买菜，见到一堆人围着，好像发生了什么事。

我听到有人说，这个女子的羊癫疯又发作了，这么年轻得这种病，真可惜！那男的也可怜，偏偏找这样的女人当老婆，这辈子有他辛苦的了。

走开！走开！一个男人冲进围观的人群，抱出浑身抽搐、口吐白沫的女人。那男人正是艾伟！

一个月后，我去找艾伟，请他出来喝茶。问他结婚之前知不知道她的病？

他说知道，有一次他们吵架，她立即倒地抽搐不已，把他吓坏了。得知她有羊癫疯后，他想过分手，可又怕她受刺激。

她说，艾伟，我爱你，我的幸福放在你的手里！

她是一个好女人，也是一个可怜的女人，我不能打烂她的幸福！艾伟说完就要回家，怕她在家里突然发病。

种在春天的梦

"你喜欢哪个季节？"李桑在 QQ 上问陈好。他们一个在南半球，一个在北半球。

"我喜欢秋天。你呢？"

"太巧了！我也喜欢秋天。"李桑说。

他们相识于一个全球华人虚拟社区。

他们总是在不同的季节。当陈好沉浸在春暖花开时，李桑那里正好是枫叶片片红。

那年春天在社区，李桑写秋天的诗，陈好制作红叶漫山的音画，浪漫而唯美，引来许多羡慕的眼光。

他们默然配合，悄然喜爱。聊天的时候，李桑常发来"拥抱""亲吻"的表情，陈好总是以"捶打"回应。

后来，李桑离开了。传说，李桑爱上一个离异女人。陈好恨李桑移情别恋，也离开那个社区。

没有他们的默契，社区变成荒野，长满寂寞的草。

当枫叶又变成相思红时，李桑回来了，寻找种在春天的梦。

李桑写道：我回来了，你却不在了！

看到李桑的诗，想起往日情怀，陈好的泪滴在李桑的诗里，像纷纷的落叶。

陈好给李桑留言：你一直都好吗？她也好吧？

李桑回复：我一直没有她，只有你！

原来，看见陈好总是发来"捶打"的表情，李桑以为陈好在拒绝，于是伤心地离开了，不再在社区出现。那个离异的女人只是个传说。

李桑说，我们重新开始吧。

陈好说，不行了，我现在有了他！

英子的选择

英子是从山村走出的第一个大学生。她长得很漂亮，自从嫁给富商后，平静的山村就不再平静了。男方六十岁了，比英子父母的年龄还要大。长得又矮又丑。

"都快赶上当爷爷的年龄了还嫁给他，还不是贪人家有钱！"

"一朵鲜花插在狗屎上！"

村里人什么难听的话都说得出，见到英子父母也冷嘲热讽。

英子和他回山村，有人往他们的车子淋猪屎。

"你丢尽了山里人的脸，就当我们没生过你这个女儿！"母亲拦在门口不让他们进门，父亲把他们带回的礼物扔出去。

英子不再回山村了。

山村多的是野味山珍，可是村子太闭塞，东西运不出去，卖不到好价钱。看着果子烂掉，山民心痛得直掉泪。

守着富得流油的山，山民却穷得榨不出一星点的油。

一天，村干部陪几个城市里人来考察，他们在山周围转悠，指指点点。不久，村子建起通往山外的水泥路，一座工厂拔地而起。不少村民进厂当起工人，拿工资。英子的弟弟后来还当上副厂长。

这下好了，果子直接卖给工厂，加工成干品、罐头。山珍野味给工厂收购，或是拿到山外卖，村民手里都有钱了。

"多亏了那个投资商。"村民心中充满了感激，但他们一直不知道他是谁。

"我当然知道他是谁，不过人家不让讲。"有一次，村主任喝高了，大着舌头说话。

"村主任，喝酒！"众人又纷纷向他敬酒。

"他就是英子的老公！"

当年向英子求婚的人，可以从村子排到山外。只是他的一句话打动了她。他说，英子，我不会让你，让你的村子永远贫穷！

错位的情书

周丽丽是我们班的班花，她的父亲是公安局局长。她骄傲得像孔雀。

很多男生都暗恋丽丽，我也不例外。自从恋上丽丽，我的成绩"飞流直下三千尺"。

这样下去怎么能考得上大学呢？老师找我谈话，我不敢说出真相。

我给丽丽写了封情意绵绵的情书，然后诚惶诚恐地等待。没想到她很快给我回信了：

"清欢，我也喜欢你。不过，要我成为你的女朋友，你必须考上重点大学。否则，我就成为别人的女朋友。为了不影响学习，高考前我们互不理睬，把精力全部放在学习上。等待着，我们在美丽的大学校园相会！"

以后，丽丽一见到我，依然把头高昂起来，鼻子里发出"哼"声。幸好，有那封信，要不，她这种态度，我会痛苦死的。

这一年，我成为省高考状元，被北京大学录取。

丽丽和吕英，还有几个同学到我的家。吕英悄声说："丽丽叫我转告，她愿意做你的女朋友。"

"吕英，你做我的女朋友吧！"我拉着吕英的手说。她是丽丽的同桌，一个丑小鸭。

"清欢，你开玩笑吧？"丽丽杏眼圆睁。

所有人都大跌眼镜，说我和丽丽郎才女貌，是绝配。

"没错。"我拉着吕英的手，真诚地说，"谢谢你写的那封情书，如果不是你的鼓励，我根本不可能考上大学！"

"你怎么知道是我写的？"吕英大惑不解。

"猪啊，你的笔迹啊！"

当年，丽丽收到我的情书后，给我回了一封信，叫吕英转交。她太了解丽丽了，就偷偷地看了那封信。在信中，丽丽把我臭骂一顿，说我长个猪八戒样也不照照镜子，癞蛤蟆想吃天鹅肉。为了不影响我的情绪，她压下丽丽的信，又借丽丽的名义给我写了一封信。

你幸福我就欣慰

曾勇在一场车祸中高位截瘫，之后吃喝撒拉都在床上。幸好有老婆许丽的悉心照顾。

听说吃生鱼有利于伤口痊愈，许丽天天到市场买生鱼，做生鱼汤给曾勇喝。

听说松筋藤可以疏通经络，许丽亲自上山去寻找。

许丽被居委会推为"孝顺媳妇"。她照顾瘫痪丈夫的事迹还上了报纸。她一下子成了当地的名人。有些人还慕名而来找她，欧阳咏是其中一个。

欧阳咏给她钱物，还帮助她照顾瘫痪的丈夫。丈夫开始很高兴，时间一长，他的脾气变得古怪了，动不动就骂许丽，并且摔东西发脾气。

"咏哥，你走吧，我一个人能够照顾好他。"许丽哭道。

"我闲着也是闲着，让我来帮帮你们吧！"

许丽离婚的消息炸开了锅。

"没良心，有了名气，就抛弃丈夫！"有些人见了她就吐口水。

没过几天，曾勇自杀了，她又成为众矢之的。

"你这贱人，还我儿子命！"婆婆揪住许丽的头发，往墙上撞。

婆家人还不解恨，把她按倒在地，一阵暴打。许丽晕死过去，被劝架的人送进医院。人们在整理曾勇的遗物时，发现他写的遗书：

"阿丽，这些年你照顾我太苦了，你年轻漂亮，不应该跟着我受苦。我叫你离婚，你不肯。欧阳咏是个好男人，很喜欢你。我看得出，你对他也有好感。我劝你离婚嫁给他，你还是不肯。我绝食，拒绝治疗，你才同意离婚，条件是离婚不离家，要继续照顾我。可是这样跟没离婚有什么区别？我不还是成为你的累赘？我只有离开这个世界你才能幸福。

阿丽，听我最后一句话，跟阿咏结婚。

记住，你的幸福就是我的安慰。

别了，阿丽，祝福你们！"

莲的心

你不是我妈，我恨你！我永远恨你！十八岁的芳对母亲莲发泄不满，摔门而出，离家出走了。她跑到南方一个小镇打工，不告诉母亲，也从来不给她打过电话。

这一年，芳和姐姐英同时考上大学。两姐妹同时考上大学，在这个偏僻的乡村里，还是第一次。鸡窝里飞出金凤凰，这可高兴死了她们的亲人。

莲又高兴又忧心。

她们的学费是一笔沉重的负担，家里卖猪卖牛，也只是凑够一个人的学费。

咳咳，瘫痪在床的丈夫咳嗽得厉害。莲连忙给他翻翻身、捶捶背，又扶他坐起来。十年前，丈夫在工地上摔断了腰椎，成了一个废人，家里家外全靠她一人。莲还不到四十岁，可头发花白，背也有些驼了。

他拉着莲的手说，这些年辛苦你了！听我一句话，让芳去读大学吧！英就不去读了，她从小干惯活，让她回来帮你。

站在一旁的英忙跪下来，磕头，求求你们让我去读大学吧！

芳看见了也跪下来，哀求道：让我去读大学吧！

莲听了心如刀割。她知道芳从小就喜欢读书，做梦都想成为一名大学生。老师都夸她有数学天赋，将来会成为数学家，前途无量。高考时她的数学差一点考了满分。

莲把芳拉到无人的地方说，都怪妈没本事，实在没有能力供两个人读大学。让英去读大学，你回家帮妈的忙吧，妈对不起你！

夜里，莲躲在被窝里哭。后妈难当啊！

英大学毕业后成了白领。

芳结了婚，有了孩子。经过多年的打拼，她小有成就。她曾恨过母亲：为了自己落得个好名声，牺牲亲生女儿的前途。现在，芳理解母亲。苦难是双刃剑，会成就人，也会伤害人。

常回家看看

叶开一直是母亲的骄傲。研究生毕业后，就在一家软件公司工作。这家公司效益还不错，就是压力太大，一年到头都在加班加点，几乎没有假期。

"还是你好，"叶开的母亲抱着一只老猫，唠叨着，"养儿养女，翅膀硬了，都飞得远远的，不记得我这个老骨头了。"

她生了四个女儿，两个儿子，没有一个在她身边。老伴死得早，她一个人住在镇上那座老屋里。

"不是吧？怎么可能是她！"叶开看着手中的传票，简直不敢相信自己的眼睛。他被人起诉了，起诉他的人，居然是最疼爱他的母亲。

叶开被母亲起诉的消息，整个公司的人都知道了。

这场官司，叶开输了，母亲赢了。法院判他，常回家看看。

"妈，我不是不想常回家看看你，是公司不批假呀！"叶开有一点怨母亲，搞得整个公司的人对他有看法。

"妈当然知道。开儿，以后公司再敢不批假给你，你就拿法院的判决书给他们瞧！"母亲咧开没几个牙的嘴，很是得意。

二十年后

　　"你好吗？"在同学聚会，李志跟周娜打招呼。这是大学毕业后，他们第一次见面。二十年了，大家已不再年轻。李志见到周娜那一瞬间，心猛地疼了。这个当年倾倒全校男生的校花，他当年爱得死去活来的女子，已经苍老得不成样子，才四十出头的人，像五十多岁了，如果是在街上，李志一定不敢认她。

　　"我很好！"周娜握了握李志伸过来的手。听说他的生意做得很大，还是国企老总。这说明他当年抛弃周娜，而娶某政要官员的女儿是对的。

　　两人礼节性地握了手就不知说什么了。

　　李志听人说周娜过得很不好。他想帮助她，可她性格倔强，自尊心很强，一定不会轻易接受他的帮助。

　　他以班"爱心基金会"的名义捐了十万元给周娜。他觉得只有这样做才可以减少他的负疚感。当年他离开了周娜，她痛苦伤心，一气之下嫁给了一个只见过一次面的男人，造成了她的婚姻悲剧。

　　"李志，我知道那十万元是你捐的。谢谢你的关心，我生活很好，我不需要你的帮助，请你拿回去吧！"周娜把那张支票退回给李志。

李志又把支票放回她手里说："我对不起你，这么多年我一直很内疚。让我帮助你吧，让我良心安乐些！你如果不接受，这说明你还恨我。"

两个人推来推去，谁都不肯拿回支票。

"那好吧，我先拿着！"周娜最后说。

不久，李志收到一张捐款十万元给雅安地震灾区的收据。捐款人是李志，代理人是周娜。

阴差阳错

这是一个周末，我和卢青到大明公园玩。大四了，我们穷于应付毕业论文，联系工作。像这样出来公园玩变成很奢侈的事。

一个小皮球滚到卢青的脚下。"姐姐，我的球球。"一个三岁左右的小女孩跑过来。

小女孩扎着两个蝴蝶结，红扑扑的脸蛋真可爱。卢青把皮球捡起来递给小女孩，女孩说"谢谢"，就在卢青的脸上"啵"了一口。卢青也在她的小脸上亲了一下。

"她真可爱！"小女孩走远了，卢青还是恋恋不舍地望着她的背影。

"青青，我有一个很严肃的问题要跟你说。"

"说吧。"卢青转过脸，又望着那个离开的小女孩。

我伏在她的耳朵说："将来咱们也生一个这么可爱的女孩。"

一个月后，卢青却向我提出分手。我和她是校园公认的"天仙配"，两人的感情一直很好。我不明白为什么她突然提出分手。

"别问为什么！"卢青神情黯然，不管我怎么问，她就是不肯说出原因。问得多了，她就哭。

毕业后，卢青很快跟一个离过婚、带着两个孩子的老男人结婚。

我是公认的帅哥，她找这样的男人，简直是对我的侮辱。我恨透了卢青。

二十年后，我遇到了卢青当年的密友英，解开了我二十年前那个谜。

那次从公园回来后，卢青因为痛经去看医生。医生说她先天不足，将来不能生育，而我又是那么喜欢小孩。她痛苦地选择了分手，结婚之后却发现自己意外地怀了孕。她痛苦得无以复加。

我更加痛苦。在一场足球赛中，我被踢破下身晕死过去，医生说我将来不能生育了。可是我怕失去卢青一直不敢跟她说。

克伟的爱

克伟长得一表人才，又是名牌大学毕业。可年过三十了还是孤家寡人。按理说，他这样的条件找一个女孩子并不难。

也的确是有很多女孩子喜欢他。可一到结婚这一关，他就被淘汰出局。第一个女朋友的母亲嫌他不是阿拉上海人，第二个女朋友嫌他家在光长石头不长富的穷山沟，下面有一大堆的弟妹。第三个女朋友嫌他没房子，都三十岁的人了还租住在郊区。

一群势利鬼！克伟狠狠狠地骂着。他发誓这辈子再也不谈恋爱了。

发誓这辈子再也不谈恋爱的克伟，最近有了新的恋情。他跟微拉日久生情。微拉不嫌他没钱，不嫌他没房子。微拉非常温顺，非常乖巧，从不挑三拣四。

微拉，看这是什么？这是你最喜欢吃的鱼！克伟知道微拉爱吃鱼，他虽然没有钱，但是他宁愿自己吃差点，也要买好吃的鱼给微拉吃。他实在是太爱微拉了。

微拉喜欢吻他，钻进他的怀里撒撒娇。克伟也喜欢抱着微拉入睡，有种生死相依的感觉。克伟感到很奇怪，他对微拉的感情，超越了他对所有前女友的感情。尽管他以前的女朋友个个都很优秀。

父母不断催克伟带微拉回乡下给他们看看，快点结婚，让他们早点抱孙子。克伟总是找各种借口推搪。他不能带微拉回去见父母，他们肯定不会同意的。

他的微拉是一只白猫。他把爱情给了这只猫。

去年年底，父亲忍不住跑到上海来看克伟。不久，微拉失踪了。

并驾齐驱

这是 9 月初的一天，平送一个考上西京大学的老乡到学校，看见两个女孩子吃力地搬行李，就主动帮她们把行李搬上九楼。

在学校门口，他又遇见了其中一个叫音的女孩。她戴着一副眼镜，样子很斯文。

音问，你在这间大学？平点点头，音说真好。平问，你也在这间大学吗？音说，我在这个城市。平高兴地说，我明白了，你也在这个城市读大学。他们互相交换了手机号码，就离开了。

音回去之后，报考了一间网络学院。她本来就爱学习，考上大学没钱读书，她只好南下打工。

为方便学习，音借老乡的钱，买了部电脑。她白天当这个城市的打工妹，晚上在网院当大学生。

她和平约定一个月只见一次面，平时就发电子邮件，有话就在 QQ 里说。

如果你愿意就等我三年。这是音的 QQ 签名。

别说三年，就是三十年我也愿意等。这是平的 QQ 签名。

两年半后，音终于拿到大学毕业证书！

音被评为优秀毕业生。在授奖大会上，有人问她，你为什么要读书？

她说，为了配得上平了。平是个大学生。

平听了热泪盈眶。他告诉音，他原来以为音是大学生，而他只是这个大学的保安。为了配得上她，他报读成人高校，也是刚刚拿到毕业证书。

两人相视而笑说，我们很般配。

母亲的耳塞

母亲有一对耳塞，是父亲买给她的。我一直很奇怪，父亲干嘛要买这个东西给她？

父亲和母亲的感情特别好。自我有记忆以来，他们两个从来没有吵过架。就算后来我有了儿子，孙子吵着要跟奶奶睡，没几天，母亲又跟父亲睡在一起了。

我媳妇很不满意，说年纪这么大的人，还要睡在一起，连孙子都不理。

去年父亲得绝症，走了。父亲走后，母亲也生病住了院。

母亲出院了，回家翻来覆去睡不着，问我那对耳塞哪里去了。

我告诉母亲，她住院期间，有一天儿子把耳塞拿出来玩，弄脏了。媳妇看见耳塞又破又脏，就把它丢进垃圾桶。

"不经我同意，你怎么能乱扔我的东西！"母亲一听说那个耳塞被扔了，就对媳妇大发雷霆。媳妇也不客气，你一言我一语，两人吵起来。我夹在中间两边说好话。

媳妇挺委屈的：不就一个破耳塞吗？值得发这么大的脾气？一气之下就跑回娘家了。

我也很不理解母亲，耳塞没了，我可以买一对给她，干嘛要发那么大的脾气？

母亲说："唉，儿子，这耳塞是你父亲买给我的，他睡觉的时候，像小孩子似的总要拉住我的手才睡得着。他鼻鼾很大，很吵。我神经衰弱，他就买个耳塞给我塞住，这样我就可以安睡了。"

"妈，爸走了，再也没有鼻鼾声吵你了。你不是可以安睡了吗？"

"这个家满是他的味道，"母亲深情地说，"我已习惯他的鼻鼾声，它就像催眠曲。听不到熟悉的鼻鼾声，我反而睡不着了。"

废墟里的爱

地震过后，救援人员看到这样一幕：男人用瘦弱的身子顶住巨大的预制板，像母鸡张开翅膀为小鸡撑开生命的屏障一样张开双臂。从地震发生到被救出，他保持这个姿势已经两天两夜了。他被救出后，已没有呼吸，四肢还是保持当初那种弯曲状态，无法伸直。他身下的女人毫发无损，只是窒息昏迷。

男人在废墟中护住女人的图片在网上疯传。网民称男人为"真正的男人""最感人的爱"。

女人很快苏醒了。有记者问她："危急中，他把生的希望给了你，他很爱你吧？你们很恩爱吧？可以讲讲你们的故事吗？"女人没有说话，表情木然。在场的人都很疑惑。

记者再问同样的问题，女人还是不说话，后来只是抽泣。

医生说，女人受刺激太大，还不能从悲伤中走出，叫记者不要再刺激她。

女人不是不想说，她是不知道该怎么说。就在地震的那一天，她又拿出离婚协议书，叫他签名。

他万般无奈，拿出笔正要签名，突然楼房摇晃，他喊道，不好啦地震啦，快跑！他跑到门口，看见她呆若木鸡站在原地不动，又折回来拉她跑。这时，房屋倒塌下来，他扑过去挡住她，叫她快跑。当时只要她跑出去，他就可以抽身跟着跑出去。可她吓呆了根本不会跑，他继续护着她。又一块板掉下来压在他身上。

女人出院后，在整理遗物的时候发现他的日记本。他写道，李娥总是嫌我不够浪漫，不懂得爱。其实，我是非常爱她的，只是我是个木纳的人，不知道用什么样的方式去表达对她的爱。

我爷爷和奶奶

我爷爷最喜欢讲故事，当年怎么样追奶奶的故事百讲不厌。

"那年的冬天啊，北风那个呼呼地吹，下的那个雪啊，比鹅毛还要大。我到山上打猎，走着走着，听见一个声音叫喊：救命啊，救命啊！我冲过去一看，原来是一个姑娘被一只老虎追赶。啪！我开枪了，老虎被吓跑了，那姑娘却晕死过去。我把姑娘带回家，精心照料。我敢说，我从来没有这么细心照顾过人。老天爷被我感动了，三天后姑娘醒过来。这姑娘说，你是个好人，我嫁给你吧。我瞧她挺可怜的，就娶了她。"

"王爷爷，您艳福不浅啊，我天天打猎，怎么就没遇到这等美事呢？"

"吹牛吧！冬天老虎哪敢出来？"

村里人不相信我爷爷说的话。他个子矮小，奇貌不扬，人又没多大的能耐，而我奶奶是方圆几百里的美人，人又聪明能干，家里家外都是一把手。

每次听我爷爷讲虎口夺美人的故事，强悍的奶奶就显得特别温柔。

起哄的人问我奶奶是不是真的，她总是笑而不语。

我爷爷走的那一年，我奶奶八十岁了，身体还挺棒，偶尔喝点小酒。

有一次我跟她喝酒，问起当年爷爷救她的故事。

我奶奶眯着眼，呷着没牙的嘴说："你那死鬼爷爷，人倒是不错，就是死爱面子。那年冬天他被老虎追赶，吓得晕倒在地上。我恰好看见，一枪把那老虎崩了。后来，他向我求婚。我看他没爹没娘的，人穷，长得又不讨姑娘喜欢，挺可怜的，就嫁给了他。"

退婚

连年的战争，村里的青壮年都被拉去当兵了，只剩下老弱病残。

陈伟的三个哥哥都死在战场，老娘哭得死去活来。为了有人给娘送终，陈伟用猎枪打残自己的腿，才逃过被拉官府壮丁一劫。

娘说："你和木英快点成婚吧！"陈伟和木英是父母指腹为婚，两人青梅竹马，情投意合。他早就想娶她回家了。

"你来了，我正想找你呢！"木英显得心事重重。

"英妹，有事直说吧！"他看着她，心里美滋滋的。

"我，我要退婚。"木英不敢看他的脸。

"为什么？嫌我脚跛么？真的像村里人说的，你要嫁给马大户的儿子？"陈伟大惑不解。

"别问为什么，忘记我吧！"木英泪水涟涟。

"好吧，我成全你！"陈伟忍住心痛，"马上跟你退婚！"

木英退婚的事全村人都知道了，村里人都骂木英忘恩负义，贪富嫌贫。

不久，木英上战场。

女子怎么能上战场？陈伟一肚子疑问，去木英的家。她的老父亲正躺在床上，他得了重病。

"阿伟，你来了！"木英的父亲挣扎着要从床上起来，陈伟赶快上前扶住他。

"木英妈死了，我儿子也战死了。我只有这个儿子！官府要我去当兵。木英舍不得我受苦，女扮男装替我去从军。这一去凶多吉少，她把婚退了，免得耽误你。阿伟，你别怪木英！"

"我不怪她。我就是你儿子，以后由我来照顾您！"

第三辑　凡尘百味

老吴的运气

老吴最近运气坏透了，房子被拆，赔偿款久不见落实。他跑了几次拆迁办，那些人今天说明天给，明天说正在办理。大半年了，一个子儿也不见，老婆整天唠叨，骂他笨，人家叫搬就搬。

女儿升初中，只差一分就上重点中学。他家就在县一中旁近，女儿上学方便。她也吵着非一中不上。可哪里能弄到两万元赞助费？他找过一中校长，校长说不能搞特殊，一分钱也不减。

前几天，久不联系的表弟曾伟偶然来访，给老吴带来好运气。

拆迁办主任亲自到老吴家，一个劲地批评手下办事不力，满脸堆着的笑容比菊花还要灿烂。"让您久等了！"说完把拆迁费放到老吴手里。

一中校长也亲自来了，拉着老吴的手亲切地说："你养了个好女儿啊！吴小敏很优秀，我们一中要定了！根据你家情况，本着人道主义精神，我们不收你家赞助费！"说完把新生录取通书放到老吴手里。

新上任的市委书记叫曾伟。

"恭喜伟弟高升！"老吴喜滋滋地打电话祝贺。

"老哥搞错了，新来的市委书记也叫曾伟。我还是在市委看大门！"表弟说。

悔恨

张海带学生参加县人民法院的宣判大会。

"黄毛，犯盗窃罪，判处有期徒刑十八年。"

听到黄毛这个名字，张海心里格登一下，仔细一看，没错就是他。

十年前，他大学毕业教的第一批学生正好是黄毛这个班。黄毛母亲早死，父亲做生意根本没时间管他，他就像一匹脱缰的野马。一次，李丽的钢笔不见，怀疑是黄毛偷的。他不承认，说李丽冤枉他。李丽是班长，又是成绩最好的学生，怎么会冤枉人？肯定是他找托词。张海就在班会里批评他，黄毛的父亲知道后把他打个半死。

"你们说我是小偷，我去就当小偷！"黄毛辍学了，跟着社会上一群小混混。

张海探监，黄毛很激动，说："张老师，没想到您会来看我。十年里我被抓了好多次，从来没有人探望过我，我成了弃儿。"他跪下来，"真后悔当年没听老师的教诲。"

张海握着他的手："好好改造，重新做人！"

从监狱出来，张海狠狠地打自己几个耳光。他连黄毛都不如，不敢正视自己的错误。

当年，李丽找到那支笔。出于保护优秀生的考虑，他没有向黄毛说明真相，导致黄毛的自暴自弃。他一直悔恨自己当年太年轻，不懂得及时挽救犯了错误的学生。

废墟之下的自救

张力和安宁都是搞理论研究工作的。张力还是个登山爱好者。

这天他们来到雅安考察，住在一家宾馆。不巧，当晚发生了地震。

两个人被埋在废墟之下，掉下的一块断壁，恰好挡在他们中间。

外面有人吗？快来救我们啊！张力大声叫。

安宁小声地说，从理论上讲，你这样叫，可以被外面的人听到。可是如果外面没有人，那不是白叫了？如果外面有人，他们有生命探测仪，会探测到我们的。再说你这样叫，会大伤元气，消耗体力。我们现在需要保持实力。

张力觉得他说得有道理，就不叫喊了。

张力观察周围环境，看看哪里可以逃得出去。他发现右边有微弱的光线射进来。他大喜过望，用双手扒，希望能推开那块断壁。他双手流血，指甲都卷起来了。

太好了，那块断壁给他推开了。张力看到很多的光线。他正要爬出去，突然"轰隆"一声，又有残垣断壁掉下来，挡在他面前。

安宁说，你别扒了，还是像我这样安安静静地养精蓄锐，等待救援人员来救助。

不行，这样干等只有死路一条。我们必须想办法逃出去！张力不同意，继续扒。安宁则闭目养神。

张力从废墟中爬出来了。

救援人员找到安宁的时候，他已经死了。他们发现，安宁只要用力推开左边的断壁，他完全可以爬得出来。

而张力所处的环境，就比安宁恶劣得多了。

急救电话

我一回到家行李还没放好，就听到一阵急促的电话铃声。

"请问你是欧阳光武的父亲吗？"我还来不及说是还是不是，对方又急促地说，"光武发生车祸，现在生命垂危。医院见死不救，一定要拿到钱才救命！"

"是吗？"我问。

"是啊！我是光武的朋友啊，你难道不相信我呢？你想听他的声音？行，行！我叫他来跟你说话。"

"爸爸，快拿钱来救我！"电话那头传来虚弱的声音。

"大伯，这回相信了吧？你快把钱打到银行卡里，我把卡号给你。"刚才那个男子说。

"我一个老人家怎么会用银行卡呢？还有其他方法吗？"

"你准备好现金，我叫人过去拿！"

我满口答应，并约定在中山公园的门口见面。为了方便对方辨认，我到时戴着大草帽、墨镜，手提着袋子。

到了约定的时间，果然见到一个青年，在公园门口徘徊。

我打对方手机说："门口人太多，怕人抢劫，转到渔人塑像后面。"

对方说我太麻烦了，救人要紧，快把钱拿来。

刚才那个青年人在塑像后面等我了。我们对上信息无误后，我把袋子递给他。就在这时，两个男人靠过来，一把抓住他，他大喊抓错人了。两个男人说："没借，抓的就是你们这伙诈骗犯，我们是警察！"

我本人就是欧阳光武，在外地打工。父亲最近接到几次电话，说我在外面受伤或者是被人家砍了，叫他寄钱过去。爱独生子心切的父亲每次乖乖地按对方的要求寄钱过去，损失很大。就在前天，他又被人骗了一笔钱，气得病倒住院。我这次回来就是看他的。没想到骗子撞到枪口了。我交钱前报了警。

语言泄的密

　　周经纬当教师二十年了，讲课深入浅出，风趣幽默，又富有创新性，很受学生欢迎。

　　他有个致命的弱点，就是普通话不太标准，乡音很浓，翘舌音和平舌音老是说不准，有时候引得学生哄堂大笑。

　　"同学们，老输（老师）该死（开始）布置作业了。你们拿出本子来烧（抄）。"

　　他知道自己的普通话说得不好，也曾经花了不少时间去学，可不知为什么老是学不好。广东人天不怕地不怕，就怕说普通话。他用这话来安慰自己。走上领导岗位后他不用上课了，普通话就丢在一边。

　　周经纬一米八的个儿，白白净净，一表人才。看外表，他说是广东人没几个人相信，可他一说普通话大家都相信了。

　　最近，周经纬像中了邪似的拼命学普通话，天天对着镜子练，甚至不耻下问，向读小学一年级的儿子请教。他说要从 bpm 练起，就是不相信普通话永远说不好。

两个月前，他去外省参加一个全国性的会议。开完会，会议组安排与会者去旅游。他们来到一个山区旅游。

"多少钱一斤？"那水果又红又大，像苹果，但又不是苹果，大家都围过来。

"五元。"卖水果的胖女人说。

不少人都买了。周经纬掏出二十元说："给我称四斤。"那胖女人瞄了他一眼，抓几个红果放在托盘上说："四十元。"

周经纬很不解："刚才不是说五元一斤吗？怎么变成十元了？"

胖女人撇了撇嘴："东南西北中，发财到广东。你们广东人那么有钱，还跟我讲价？真是越有钱越小气！"

周围的人都望着他怪笑，周经纬又气又恼。这都是那广东口音泄了密啊。

为什么失落

文和武在一家小酒店喝酒。

他们是同一个村子出来的，又同时考上大学，同时分配到这个城市工作。

文说他最近被提拔为副科级干部了。

武举起杯子连连说"祝贺祝贺"。嘴里这样说，心里却像打翻了五味瓶。他读书的成绩一直比文好，读的大学也比文厉害。可文进的单位比他好多了，现在又提拔了，自己还是个小小科员。

文又告诉武，他最近交了一个学心理学的研究生。女方的父母是大学教授。她的父母很喜欢他，还给了他们二十万元，作为买房子结婚的费用。

你这家伙真是交了桃花运，祖宗风水好啊！武说着，端起一杯酒硬喝下去。他怨命运不公，自己一米八的个儿，一表人才却找不到如意的女朋友，而个子矮小相貌普通的文却找了教授的女儿，还得到一笔巨款。

文还在兴奋地说着，没注意到武的脸色变得很阴沉。

这晚武喝得酩酊大醉。此后，文每次叫他出来，武都找借口拒绝，说话酸不拉叽的。文觉得很奇怪，把这事跟女朋友说了。

文发短息给武，说买房子的钱被偷了，女朋友又跟他吵架，心里很痛苦，叫他出来喝杯酒。

这回武出来了。他们还是在原来那家小酒店。

唉，我怎么这么倒霉！文叹气。

这晚，武的心情很好，还争着去结了账。

其实，买房子的钱被偷，文跟女朋友之间有压力，这些话都是他按女朋友的意思编造出来说给武听的。

此后，武常打电话给文，问长问短。

文大赞女朋友料事如神。

她说："武自认为自己的条件比你好，可你处处比他顺利，他心里不满。现在你跟他一样倒霉了，他心里就好受了，于是就重新跟你好。"

摔倒

　　城东的立交桥下躺着一个七十岁左右的老人，大概是摔倒的，头破血流。他正捂着头呻吟。

　　围观的人指指点点，但没有一个人去救他。

　　这些人太冷漠了，怎能见死不救呢！我冲上前，伸手就要扶起老人。

　　姑娘，小心有诈！一个高个子、黑脸庞的青年男子提醒我。

　　我的手像触了电似的马上缩回来。他说得对，如果我救起这个老人，他反咬一口，说是我推倒他，我就是浑身是嘴也说不清。现在救人反被人陷害的事太多了。

　　快救我啊，我有心脏病。老人的呻吟声更痛苦了。

　　要不这样，我帮你拍下你救人的全过程，他如果反咬你，你就有证据了。黑脸庞男子建议道。

　　对，你说得对。我毫不犹豫地把手机交到男子伸过来的手上，然后，扶起老人。

　　老人说，姑娘，我头晕，你送我到医院吧！我想，救人救到底，送

112

佛送到西。

在黑脸庞的协助下，我把老人送到附近的医院。

我先去挂号。黑脸庞说。

等了老半天，黑脸庞还不回来。糟了，我那部新买的手机还在他的手里！

我着急地寻找男子，哪里还有他的身影？这时，我的肩膀被人拍了一下，我转过身，是一个粗壮的男人。

就是她撞倒我！老人指着我。

一个月后，我经过城西，又见到一个老人摔倒在地。在一群冷漠的看客中，有一个小伙子要扶老人。有好心人建议他用手机拍照做证据。小伙子把手机给他帮忙拍照。

我赶快拿出手机，拍了好心人和老人。

这个"好心人"正是上次骗我手机的黑脸庞！

我庆幸自己长了记性，懂得拍下照片，成为有力证据，才能扳倒这个诈骗团伙。

救赎

接到家里的电话，杨槐觉得肩上的担子更重了。他在街上踟蹰，好像在寻觅什么。

在十字路口他突然闯过马路。一辆小车为避开他，打转方向，撞向一辆大卡车。小车上的一对夫妇当场死亡。一个受了重伤的五岁男孩被送去医院抢救，同时被送去医院的还有杨槐，他也受了伤。

想到住院要花很多钱，杨槐马上拔掉针头，不肯治疗了。

"要不是你，那对夫妇就不会死，那个孩子就不会成为孤儿。为什么死的不是你这样的人渣！"一个小护士怒斥道。

他听了心猛地一紧，悔恨交加："我该死，我该死！为什么死的不是我啊？"他用力捶打自己的胸口。

"那个小男孩呢？我要去照顾他！"杨槐说。

"他还在重症室，先疗好你的伤再说吧！"

小男孩家没有什么亲人了。杨槐说，我要做他的父亲，抚养他成人。

为方便照顾这个孩子，他不敢再到城里打工。回到红土地，甘蔗、菠萝、番薯什么都种。

十多年里，他努力赚钱，尽力给小男孩最好的教育，过最好的生活。他觉得只有这样，才能让自己的良心好过些。

他叫自己的亲儿子不读大学了，去打工赚钱。

石角村的人都说他伟大，抚养一个跟自己没有血缘关系的孩子。

报社记者来采访他，他犹豫了好久，说："我是赎罪，一点都不伟大，甚至卑鄙。"

那一天，他接到家里的电话说儿子考上大学了，要一大笔钱读书。他一个农民，一下子去哪里弄得到一万多块钱啊？他想到撞车，撞了车就可以得到赔偿。他撞向那辆小车，没想到却毁了一个家庭，也毁了自己。

"人生如果能重来那有多好！"他重重地叹息。

"你敢直面自己的错，并且弥补自己的错，同样是伟大的。"记者说。

辫子老师

我大学毕业后，分到进修学院工作。第一次上课居然遇到她。我不点她的名字，直接跳过去。

她是我小学一年级的老师。那时她才十八岁，青春靓丽。她的名字叫茉莉，调皮的学生呢，就故意唱"好一朵茉莉花"。

她常把乌黑的长发梳成一条粗大的辫子，或是梳成两条小辫子。同学们都叫她辫子老师。

我那时候很调皮，在地上弹弹珠，用弹弓弹小鸟。老师在上面讲课，我就在抽屉里玩弹珠、玩弹弓。

她教我们学拼音。"jqxy，真淘气，看见鱼眼就挖去。"

我顾着在下面玩弹珠，没听她讲课。她突然提问我，陈小清，你说yu中u头上有两点吗？我心里一惊，慌慌张张地站起来说有两点。两颗弹珠跳出来，向讲台滚去。老师捡起弹珠，高举，说u头上两点在我手里了，不在yu上。

同学们哄堂大笑。

下课后，她叫我到她办公室，把弹珠还给我，和蔼可亲地说，以后上课不要玩这些了，小心弹珠又跑出来哦！

二年级，我转到其他学校，跟她再也没有联系过。没想到她现在竟成了我的学生。

小清老师，请等等。有人叫我，是她。她还是像当年那样梳着两条长辫子。

我说，老师好，您还认得我吗？她赶忙摆摆手说，不要叫我老师，你现在是老师，我是学生了。我怎么会不认得呢？你小时候，最喜欢玩弹珠了。

我说，老师您的记性真好，而且还像当年那么漂亮。

老了，岁月不饶人啊，转眼间你也当上老师了。你刚才忘记了一件事了。她说。

老师，什么事呢？我问。

你忘记点我的名字了，以后上课可得记得点我的名字哦。记住，我现在是你的学生！

漂亮的蝴蝶结

莲女生下还不到一个月，母亲就跟父亲到外面打工了，把她丢在家里，给爷爷奶奶带。没生弟弟之前，母亲一年还回来看她一两次。有了弟弟之后，母亲就很少回来看她了。最多是过年的时候才回来，有时连过年都不回。爷爷奶奶又聋又哑，莲女没办法跟他们交流，她很孤独。她像其他留守儿童一样，非常羡慕那些有父母在身边的孩子。

"妈妈，我跟你到城里读书吧。"莲女今年八岁了，已读小学二年级。村里没有学校，要爬过一座山，趟过一条河，才能到邻村的小学读书。她不喜欢那间学校，听说城里的学校很漂亮。

"那不行，我们租的房子太小了，住不下。等我们有钱买了房子，再接你到城里读书。"

这年暑假，她到城里玩，跟父母住在一起。有爸妈疼爱的日子真好。她长这么大，还是第一次跟爸妈住这么久。

暑假要结束了，明天她又要回到村里，过着没有爸爸妈妈疼爱的日子。

这天夜里，她肚子痛得在地上打滚。妈妈给她吃止痛药。莲女说："没有用的，我肚子里有个塑料蝴蝶结！"

父母送她去医院，拍片，肚子里果然有个蝴蝶结。医生动手术把那个蝴蝶结拿出来。这个漂亮的蝴蝶结是妈妈买给她的，是她渴望已久的蝴蝶结。

大家很奇怪，莲女怎么知道自己肚子里有蝴蝶结呢？

"是我吞下去的，"莲女怯怯地说，"我有病，就可以留在爸爸妈妈的身边了！"

"真是傻孩子！这多危险啊！"妈妈抱着莲女哭。

寻找安琪

《海洋晨报》一则"寻人启事"引起市民的关注。

"小女安琪昨晚于花园酒店走失。穿着乳白色的'天宝'牌童服，粉红色的'天宝'牌裙子，黑色'天宝'牌童鞋。今年六岁，身高一米左右。长头发，大眼睛。哪位好心人找到小女，并带她回到我们身边，重酬十万元。如能提供有效信息找到小女，酬三万元。"

启事留有手机号码、地址等信息，还附有安琪的相片。是个很漂亮的小女孩。

"奖金十万元，真是大手笔。本市寻人从来没有这么高的酬金。"市民议论纷纷。

"穿着'天宝'牌童衣、童鞋？听说过'天宝'牌吗？"一个胖女人问旁边的瘦女人。

"没听说过什么'天宝'牌童装。是不是新牌子？看他们出的酬金，应该是有钱人家。有钱人子女穿的应该是名牌货。还等什么？快去寻人领酬金啊。"瘦女人催胖女人。

她们到花园酒店周围找，见到路上一家商店围着许多人，好像在抢购什么。

"啊，是'天宝'牌童服！"她们好不容易才挤进来，"我们也买一件吧。"

这些日子穿着"天宝"牌的小女孩成了市民茶余饭后的谈资，许多人加入寻找队伍。有些人干脆请假去寻人。

不断有人打电话给安琪的父亲说找到她了，带来一看，却不是安琪。

"寻人启事"继续登。几个月过去了，还没有人找到安琪，倒是不起眼的"天宝"牌童服妇孺皆知。

这时在"天宝"服装公司，一个男人正对着电脑上的安琪发笑。那个叫安琪的小女孩，是他用电脑合成的虚拟人物。

女福尔摩斯

我家的大公鸡被人谋杀了。根据现场勘察、目击者供词，作案者很可能是我的侄子小强。

这小子，你叫他读书，他马上捂着头喊头疼；你说头疼就休息吧，他关上门在里面大闹天宫。他鬼点子特别多，喜欢搞"试验"。比如把鞭炮插在牛粪上，点燃，看牛粪"开花"；还把点燃的炮杖丢进鸡笼，看鸡们被炸得鸡飞蛋打。比如这次大公鸡是被人用绳子勒住脖子，窒息而死。想出这样馊主意的，不是他还有谁?

"你悄悄告诉我公鸡是谁杀死的? "我把小强拉到一边。

"不是我，不要冤枉好人! "他脖子一梗。

"放心吧，我不会告诉其他人。"

"真的不是我! "

我把其他小孩也叫来，一个个审问，还是没人承认。

"你们再不说实话，我就报案，到时警察就会牵着大狼狗来。大狼狗一嗅就知道是谁干的。到时警察就会把杀死大公鸡的人关在监狱里! "

我吓唬。

"小姑，那狼狗真的这么厉害吗？"小强问。

我说是的。他吓得直多哆嗦，很快承认是他干的。

这事成了我炫耀的资本，自诩福尔摩斯，到处跟人说我如何"破案"。

昨天我娘不见几千块钱，怀疑是小强干的。这小子从小到大都不安分，手脚不干净，不是他还有谁？

我又用以前的方法吓唬他。

"小姑，你也不看看我们多大了，还想用骗小孩子的伎俩？亏你还是个老师！"他冷笑。

我脸红耳赤：当年他七岁，现在十六岁了。

洞

一百多年前，一伙强盗把抢掠来的珍宝藏在一个山洞，他们还没来得及享受就莫名其妙地失踪了。有些人经不住金钱的诱惑，冒险进山洞，结果也是生不见人，死不见尸。此后，再也无人敢进山洞。

一百年后，有两个大胆的人进洞寻宝。

洞里黑乎乎的，不时有奇怪的东西向他们扑来。他们跟这些怪东西搏斗，耗费了不少精力，累得筋疲力尽。吃的喝的东西用光了，他们有点恐慌，但又不甘心空手回去。

"神啊，快让我们找到宝贝吧！只要找到一点，我们就回去。"他们一起祈祷。

神来了，丢下几块金子，就不见了。

"金子！"两人捧起金子狂吻。

"我们找到金子了，粮食和水都没有了，我渴死了，回去吧！"巴林说。

"才找到几块金子就满足了？真没用。"巴东骂道，"我不回去，我要找到大宝藏！我要干大事！神啊，再帮帮我们吧！"他祈祷。

神又来了，说："我最后一次帮你们，藏宝图和水只能选一样。"

巴林选了水，拿走一半金子回去了。巴东选藏宝图，继续寻宝。

巴东按藏宝图的指引，终于找到宝藏。天啊，山洞塞满了金银珠宝，到处都是金光闪闪。

巴东兴奋得两眼发光，不断往身上装，忘记自己又饿又渴。

若干年后，有人发现巴东死在洞中，是被那些宝藏压死的。

武当山下的比试

明朝年间，倭寇入侵中国。

忠、孝、贤，是武当山上的同门师兄弟，情同手足。他们同时爱上绝色的师妹紫莉，可谁都不愿意退让。

忠说："咱们是学武之人，就用学武之人的方法解决问题。七七四十九天后，咱们悄悄到武当山下比武。谁赢了，谁就跟师妹好；谁输了，不准靠近师妹。四十九天内，谁都不准接近师妹。"

"好！君子一言，驷马难追！"孝、贤表示赞成。三人在山上挥剑指天，咬破手指，滴血为盟，绝不反悔。

忠、孝、贤没日没夜地拼命练功，暗中较量。

有一天，贤有事下了武当山，回来后像变了个人似的。

比武的日子到了，只有忠和孝来到武当山下，不见贤的人影。

"忠师兄，我们还比吗？"

"当然！"忠果断地说。

一场鏖战开始了，刀光剑影，山呼林啸。从日出打到日斜，还不能分出胜负。两人伤痕累累。

"你们别打了！"师妹哀求。忠、孝不听，反而打得更凶猛了。

残阳如血，林木肃穆，终于决出胜负。

可是师妹不见了。他们谁也没有得到绝色的师妹。

他们看到贤的一封信，信中说，国难当头，无心顾及儿女私情，故放弃比武争爱。

后来听说，贤去抗击倭寇了。据说，师妹追随贤师兄去了。

考验

　　飞腾公司计划招聘五人，报名者逾千人。毕业于国内名牌大学的朱强也来应聘。笔试、面试他都表现出色，名列前茅。朱强也踌躇满志，胜券在握。

　　"这不可能！"朱强做梦都没想到自己会榜上无名。

　　据说是一个有背景的人把他挤下的。

　　"太不公平了！你去找他们讨个说法！"女朋友鼓动他。

　　"算了，像我这样没背景的贫寒子弟，找他们也是白搭。这个社会根本没有公平可言！"

　　他意志消沉，整天抱怨社会不公平，借酒消愁，像一个窝囊废。

　　"东家不打打西家，你堂堂名牌大学毕业的高才生还愁找不到好工作？"女朋友鼓励他振作起来，继续找工作。

　　"高才生又怎样？这个社会讲的是关系、金钱。别抢我的酒，给我！"他从女朋友手里夺过酒，又喝得酩酊大醉。

　　"跟你这样的人在一起我都感到脸红！再见！"女朋友离他而去。

"老总，朱强自杀了，正在医院抢救！"一个瘦高男向腾飞老总汇报。自从朱强落榜后他一直跟踪观察朱强。

　　"一点挫折就丧失斗志，经不起考验的人怎成大事！幸亏我们当初不录用他。"

　　老总是面试官之一，很欣赏朱强的才华，内心里要定这个年轻人。公布的五个人中，故意没有朱强的名字，是想借机观察他的承受能力，再委以重任。没想到朱强一点也不坚强。

李大师

李大师和别的风水先生不同。人家白脸，八字须；而他黑脸，无须，不带墨镜，不摇羽毛扇。

外界把李大师传得很神。他到底有多神呢？没有人说得清楚。

贾真是新上任的县长。此人很迷信，打个喷嚏都要看黄道吉日。

经人引荐，他认识了李大师。

李大师托着罗盘在他的办公室里走一圈，立定，说你的宝座后面是个窗子，窗后面空荡荡的，没有靠山，要想仕途顺利，得换个位置。

贾县长按大师的意思调换了位置。说来也怪，那段时间贾县长办起事情来特别顺利。

这个县是全国贫困县，GDP老提不上去，老是受批评，县长很是苦恼。他找大师出主意。

李大师说，离县城两百里有个地方叫灵山，山上有座庙，庙里有座佛，很灵的。

贾县长很感兴趣，叫李大师快快带他去。

李大师沉默不语，良久才说，那里虽是块风水宝地，但是因为路途遥远，没有公路直达，蛇虫出没，极少有人去。要去的话，先把路修好。

贾县长马上下令修一条公路直达灵山。

公路修通了，沿途十村八寨的山民，把他们种的蔬菜瓜果运出山外。这些原来只能烂掉的东西，现在变成了花花绿绿的钞票。这一带山清水秀，空气质量好，城里人成群结队跑来这里吸氧。旅游公司在这里大张旗鼓开发农家乐。

大师的村子就在公路旁，受益最大，不少人发了大财，包括他的兄弟。知情的村民说，嘿嘿，咱家的大师就是神！

一条路带富一方，贾县长受到上级表扬，就要高升了。他想，李大师果然是大师！

李大师摸着下巴微笑。

我等你

十六岁那年，艾莲被烂赌的父亲卖给万进当老婆。万进比她大四十岁，是当地的大户人家，娶了三个老婆都死了，没有一个生下儿子。

"阿莲，我一定把你救出来！"水生说。他们在去年三月初三的歌会认识，互生爱慕，暗定终生。

水生没能救出艾莲，还被她的家人打了个半死。

"水生哥，忘了我吧！"艾莲泪水涟涟，被万家人抬走了。

第二年，艾莲生了一个胖小子。第三年，万进得了肺病死了。

"阿莲，你嫁给我！"水生趁艾莲回娘家逮住她，热切地拉住她的手。

"水生哥，我家婆是个厉害人，这事，她恐怕不会同意。"艾莲幽幽地说。

水生找到艾莲的家婆，话还没说完，家婆操起拐杖，指着他的鼻子说："只要我有命，你就别想娶艾莲。死了这条心吧！"

水生被万家的仆人拖出去打了一顿。

"艾莲，我等你！"

艾莲的家婆死了，她成了一家之主。

水生到万家找艾莲。

"水生哥，这事，等我儿子大一点再说吧！"艾莲叹气。

"艾莲，我等你！"头发有些花白的水生深情地说。

艾莲的儿子万豪十六岁那年娶了亲，成为一家之主。

水生找到万豪，话还没说完，万豪把正喝茶的杯子掷向他，说："只要我有命，你别想娶我娘，死了这条心吧！"

"艾莲，我等你！"头发全白的水生深情地说。

艾莲郁郁寡欢，不到四十岁就死了，就葬在万家的祖坟地上。

第二年清明节，艾莲坟墓旁近的白桦树上，刻着一把钥匙。那钥匙又长又大，刻得很深。

市长骑自行车

新上任的王市长和前几任市长不同。别的市长开小车上下班，而且一辆比一辆高档，排场得很。

王市长骑自行车上班，而且是本市生产的飞马牌自行车。他常常在大会小会上倡议骑自行车上班，说这样低碳、环保，节省能源，还可以锻炼身体，一举多得。

恐怕是作秀吧，看他能坚持多久！有人在背后议论。

大家好！骑自行车的王市长，常常热情地与市民打招呼，遇到熟人还下车跟他们倾谈。他身材肥胖，凸起的啤酒肚特别显眼。

看见王市长骑自行车上下班，下面的一些领导不好意思坐小车了，纷纷效仿，骑自行车去上班。从小学生到退休老人，都以骑自行车为荣。

秘书小李是个聪明人，他提议在全市搞一次骑自行车比赛。王市长十分赞成。

按要求，比赛以线（口）为单位，先在本系统进行初赛，再选出三十名选手参加市里的自行车比赛。为支持本地企业，要求比赛所用的自行车必须是飞马牌自行车。

全市掀起骑飞马牌自行车的热潮。飞马牌自行车一度断货，工厂不得不加班加点生产，濒临死亡的飞马牌自行车厂，重现当年的红红火火。

骑了一年自行车，王市长"苗条"了不少，啤酒肚变小了，人结实了，闹心的三高也降低了。

飞马牌自行车厂，后改为飞马牌自行车股份有限公司。公司李经理对王市长感恩戴德，亲自上门答谢，说他挽救了一个企业，是公司的再生父母。

有人说，李经理是王市长的小舅子。

可王市长的老婆姓吕。

贵人

宿舍四个人就秦平来自贫困的乡村。

夜里，周强痛得在床上打滚，吃了止痛药还是痛。可能是阑尾炎！秦平二话不说，背他下楼一路小跑，拦截出租车到医院。医生说这是急性阑尾炎发作，幸好来早一步。

周强塞一千元答谢他。秦平只是拿回打车的钱，剩下的说什么也不肯要。周强再塞，秦平生气了，说你这样做是对我的不尊重！

周强那部华为手机没用多久，又买了一部新手机。他说这部华为手机闲着也是闲着，要送给秦平。秦平说什么也不肯要。

这样吧，我没空打饭，你就帮我打。咱们谁也不欠谁的。周强说。

行！秦平爽快答应。

张金说，也帮我打饭，你每个月的手机费我付。

陈周说，你帮我洗衣服，我的旧电脑随你用，上网费算我的。

秦平都答应了。

秦平诚实、勤快、守信用，收费低廉，找他办事的人越来越多。他忙不过来的时候，就介绍给其他生活有困难的同学去做。

后来，他们建立了 QQ 群，组成大学生服务小组，服务范围从校园扩大到校外。大学还没毕业，秦平就注册了家政服务中心。

大学毕业十周年聚会，秦平请全班同学吃饭。这时，他的资产已达到千万，分公司有好几家。

感谢各位同学，没有你们的支持，别说有今天的成就，我连大学都没钱读完。你们是我的贵人，还认得这部手机吗？秦平拿出一部早已过时的旧手机。

当然认得。周强说。

这部手机可以说是我的第一桶金，我一直保留着。周强，好兄弟，感谢你！

这晚大家都喝得很尽兴。

周强把秦平拉到一边，大着舌头说，你知道吗？我送给你的那部华为手机，是我妈送给我的生日礼物，我才用了一个月。

台风过境

李明从镇上开完防台风会议回来，半路上雨就来了。

过一条河，再走一里地就到家了。

他刚过河，就有一批人涌来要过河。只有一条年久失修的小船，坐上去摇摇欲坠。暴风雨中，船摇晃得更厉害了。

他们你挤我拥，争先恐后要过河。船夫说，台风要来了，不开船了。他们把他抓住，一定要他摇橹。

小孩哭，女人叫，男人吼，乱作一团。力气大的男人已经挤到前面。

"你们都别吵，排好队一个一个来！"李明大叫。

他们认出他是乡领导，只好乖乖地听他指挥。

他们全部过了河。李明最后一个过河。

台风来了，他匆匆赶回家，心想，老婆孩子都好吗？这场台风那么厉害，家里的旧房子肯定受不了。

他赶到家。哪有什么家了？一片狼藉！屋顶被吹飞了，墙体坍塌了一部分，不见一个人影。他顿时两腿发软，一下子跪了下来。他爬向废墟，徒手扒拉，大声叫喊着老婆和孩子的名字。无人回应。

他忍不住大哭起来。

他的村子是个旧村落，有点钱的村民都在新村场建房子搬走了，只有他家和其他三四家人还是住在这里。

"死鬼，这么迟才回来！我还没死，哭什么哭啊？"李明听到一个熟悉的声音。

他吓了一跳，问："你是我老婆还是鬼？"

"我是你老婆！要不是何叔救我们，我早就变成鬼了！"

何叔是李明的邻居，光棍，李明平时没少帮他。

穷人

他是穷人，从乡村流浪到城市。他一无技术，二无背景，又不愿吃苦耐劳，结果每一份工做的时间都不长。没有好的工作，他干脆不找了，整天东游西逛，饿了就到垃圾堆东翻西找，胡乱找点东西安慰肚子。晚上到公园或是哪家屋檐下就地而睡。

"你是哪方妖怪敢来我们的地盘？"一群乞丐把他揪住。

"笑话！这垃圾是你家的吗？我怎么不能来？"

话音还没落，拳头像雨点般落在他的身上。

"再敢来，见一次打一次！"乞丐们挥着脏兮兮的拳头说。

"上帝啊，你怎么这么不公平啊！我什么都没有！"他痛哭。

"谁说你什么都没有？你还有健康，这就是一笔财富！"上帝本来在睡午觉，被他的哭声吵醒了。

"我穷得只剩下健康了。赐给我金钱吧！"他抱着上帝的大腿哀求。

上帝是个善心人，他想了想说："好吧，金钱和健康，你选一个。"

他毫不犹豫地选择金钱。于是有了几辈子也花不完的钱。他买了最豪华的别墅，各种名贵的车子堪比停车场，漂亮的女人多得胜过世界选美现场。

他日夜花天酒地，荒淫无度。

"你要注意健康！"亲人劝告。

"不享乐还不如死去！"他继续醉生梦死，身体严重透支。

各种疾病找上门来。他每天要花大把钱治病，痛苦不堪，生不如死。

"上帝啊，把健康还我吧！"他跪地哀求。

给予

"仁慈的上帝啊，求求您给我一点东西吃。"一个穷人向上帝哀求。

上帝说："行！不过，你先帮我把那支拐杖拿过来。"拐杖就在上帝伸手可及的地方。

穷人很不满："我不过向你讨要一点吃的东西，你就支使我为你做事。你太没有仁爱之心了！"

上帝哈哈大笑，说："你要记住，上帝从来不会无条件给予！"

穷人很不情愿地把拐杖拿给上帝。

上帝给穷人一个大面包。穷人当着上帝的面大大方方地吃起来。

穷人说："上帝啊，这面包太好吃了！再给我一个，好吗？我妻儿从来没吃过这么美味的面包，我想让他们也尝尝。"

上帝说："行！"

穷人感动得马上要跪地道谢。

"不过，你要先帮我打扫干净院子。"上帝补充。

穷人很生气，但为了妻儿有面包吃，他忍声吞气把院子打扫得干干净净。

　　上帝给他一些钱。这些钱可以买很多的面包。穷人感激涕零，又跪地叩谢。

　　上帝说："你不必感激我，这是你的劳动所得。男儿膝下有黄金，不要动不动就下跪。"

　　上帝的管家很不解："您直接给他面包就行了，干嘛叫他干这干那的？"

　　上帝说："我给他一个面包，他只是解决一时的温饱；教他用自己的劳动创造财富，这才会真正解决温饱问题。我就是要他明白，别指望上帝，自己才是自己的上帝！"

帽子

"同学们，今天的作文题目是《我的帽子》。要求大家写出帽子的特征，说出帽子的来历，比方说是谁买的？是谁送的？还有，明天大家一定要戴上你所写的帽子回校，让大家看看你写的帽子像不像。"

"好啊！"陈老师一布置完作业，全班学生发出欢呼声。这样的题目有东西可写，他们高兴呢。

第二天，安宁走进教室一看，好家伙，全班同学都戴着帽子。由于是热天，大家戴的基本是清凉式的帽子。有些只有长长的帽檐，后面空着。

安宁悬着的心终于落下了。陈老师说得对，这个班不再是只有他一个人戴帽子了。

前些日子，安宁头生疮剃光头发，他觉得光头不好看戴上帽子上学。大热天的戴帽子，同学们像看猴子似的看着他。

"啊，原来是光头！"调皮的胡虎趁他不注意摘下他的帽子，引得全班同学起哄，吹口哨。这很伤安宁的自尊，他跟胡虎干了一架。

安宁回家后就说头昏，不肯上学了。

昨天，陈老师到他家家访，说："安宁，去上学吧。明天所有的同学都戴上帽子，你想知道是怎么回事吗？你一定要来啊！"

四两六

她的小名叫四两六，今年六岁了。因为她出生时只有四两六重，像个小猫，家里人干脆叫她四两六。在雷州半岛，乡下人喜欢给孩子起个贱名，说这样好养。

妈妈生下四两六后，就跟爸爸到深圳打工了。四两六跟着独眼的奶奶生活，成了留守儿童。在外面打工的爸爸妈妈极少给钱给奶奶，奶奶很穷，但非常疼爱四两六。四两六也很爱奶奶，祖孙俩相依为命。

这天，奶奶给四两六一块钱，叫她买点盐回来。小卖部正播放电视剧，很多人围着看。四两六也好奇地跟着看。

电视剧里那个女孩问妈妈："我是从哪儿来的呢？"妈妈说："你爸爸给个小蝌蚪给妈妈吃，妈妈就生下你。"女孩睁大眼睛："真神奇啊！"

四两六看到这里，突然灵机一动，买了五毛钱盐，叫店主找回五张一毛钱。回到家里，她赶快把盐丢给奶奶，跑回房间"嘭"地一声关上门。奶奶觉得很奇怪，平时她一回来就争着做家务，今天一反常态，躲进房间里了。

"这孩子今天怎么啦？"奶奶轻轻走到门前，一下子拉开门。见奶奶突然进来，四两六慌慌张张地把一把东西塞进嘴里，嚼嚼，伸长脖子，吞下去了。

"你吞的是什么？"奶奶问。开始四两六不肯说，问得紧了才吞吞吐吐地说是钱。

"啊，你吞钱？你吞钱做什么？会死人的！"

"不是吧，奶奶。吞钱会死人么？"四两六吓得面如土色。

"那你告诉奶奶，你吞钱干什么？"

"我以为把钱吞下肚子，钱会生很多很多的钱，我就有钱给奶奶花了。"

"傻孩子啊，钱吞下肚子怎么会生出钱呢！"奶奶搂着四两六哭了。

乞求者

乌有失业了，生活陷入困境。

他找了几份工作，都做不长，嫌钱少兼辛苦。看到别人香车美女，有花不完的钱，享不完的福，而自己穷愁潦倒，他愤愤不平。

"上帝啊，你为什么这么不公平？你帮帮我吧！"

"你想我怎么帮你？"上帝的管家巴林来了。

"我想拥有花不完的钱！"他说。

"行，不过你要付出点什么。"

"只要能得到钱，我什么都愿意付出！"

"我要带走你的双脚双手！"

他忙说："不行，没有手脚，我只是废人一个，活着有什么意思？"

巴林又说："我要带走你的父母。"

他把头摇得像拨浪鼓："父母为我吃了很多苦，他们最疼爱我，我还没有报答他们呢！"

巴林又说："我要带走你的孩子！"

他忙跪到地上求饶："千万不要伤害我的孩子，他是我的希望！"

巴林叹口气说："有得先要舍，有舍才有得。没有付出怎么会拥有？你这也舍不得那也舍不得，叫我怎么帮你？"

他说："上帝啊，你发发慈悲吧，不要我付出什么，让我拥有很多很多的钱吧！"

巴林大怒："世上哪有这样的好事！做你的美梦去！"说完，他拂袖而去。

不公平的巴林

　　一场灾难毁灭了他们的家园。两个青年一路乞讨，尝尽人间冷暖。

　　这天，他们乞讨到虚无国最高统领上帝的门口。在这个国度，巴林是上帝的代表。上帝在睡觉，管家巴林慷慨大方地施舍给青年甲："吃吧，可怜的人！你一定饿坏了。"巴林面容慈祥，还流出怜悯的泪水。

　　"巴林啊，您真是个慈祥的巴林！"青年甲长跪叩谢。

　　巴林转身训斥青年乙："你年纪轻轻，好手好脚，怎么不去创造财富？还好意思当乞丐！"

　　"你这偏心眼的巴林！给他好吃的，为什么不给我？"青年乙愤愤不平。

　　"我喜欢给谁就给谁！"巴林一脸的蛮横，跟刚才的慈爱判若两人。

　　"什么巴林，见鬼去吧！我永远不再求你！"青年乙愤然离开。

　　以后，青年甲常来巴林家乞讨。巴林有求必应，但不多给，仅能填肚子而已。

　　多年以后，一个胡子拉碴、衣衫破烂的乞丐，来到一幢豪华的别墅前，举起脏兮兮的手敲门。

"我好多天没吃东西了，行行好，给点吃的吧！"

"臭乞丐，滚开！"屋里走出一个佣人，用一条打狗棍赶他。他趴在门前任骂任打，死皮赖脸就是不走。

"住手，别打了！拿点东西给他吃。"富人呵斥佣人。

乞丐狼吞虎咽吃起来。

"啊，是你！"两人都认出对方了。

乞丐就是二十年前的青年甲，富人就是青年乙。

"不公平的巴林啊，我恨你！"乞丐怒气冲天。

第四辑　动物物语

狼心

三爷是一个老猎人，有一肚子讲不完的故事。我最爱听他讲故事了。

"我那时年轻不听老猎人的话，结果铸成大错。"每当回忆起往事，三爷总是这样开头。

四十多年前，三爷家发生了怪事，三更半夜他家响起"啪啪"的拍门声，一声比一声大，还夹杂着愤怒的哀鸣。他披上衣服，拿起猎枪，蹑手蹑脚地靠近大门细听，从门缝往外看。

莫非是它？他一惊，猛然拉开门。可是门外什么都没有。他抱着猎枪坐在门口守着，一宿不睡。天亮了，三婆起来喂鸡，发现几只大肥鸡的脖子被咬断了。

第二天晚上，门外又响起拍门声，三爷又持枪出来。可是又是什么东西都没看见。情形又跟昨晚一样，不过咬死的是一头大肥猪。

第三晚，一头即将临产的母牛被咬死！

太可恶了！三爷简直疯了，扬言要亲手宰了它，扒皮抽筋，吃肉敲骨才解恨。

他搜遍整座山，终于找到它。原来是一只公狼，绿幽幽的眼睛闪着仇恨的光。三爷举枪的手突然软下来，它却一步步逼近，像要把他吃掉。三爷一步步往后退，突然，狼跳起来向他扑去，锋利的牙齿白森森的，好怕人。三爷绝望到极点，心想自己这回死定了。转身狂跑，"咚"，他掉进陷阱。那是他自己捕猎挖的陷阱。公狼在陷阱外扑腾、嚎叫，试图跳进去。

"砰砰"几声枪响，公狼夹带着几声哀鸣，逃走了。

"幸好掉进陷阱，也幸亏暗中跟踪的三婆开枪快，要不我就没命了。"三爷现在仍心有余悸。

"狼为什么恨您呢？"我不明白。

"老猎人曾提醒我，不要打怀崽的母狼。我不信。有一次，我看见一只肚子里有崽的母狼。我向它开枪，母狼伤势过重，死了。这一切公狼都看在眼里。"

愤怒的猎豹

巴布喜滋滋地跟父亲上山，这是他第一次打猎。

他对那只正在吃奶的小豹子很感兴趣。别惹喂奶的母豹！父亲警告他。

巴布悄悄跟着和母豹走失的豹子，走了多远他也不知道。

突然，巴布听到可怕的怒吼声，手中的猎枪掉在地上。在对面的悬崖上，母豹正朝着这边吼叫。巴布提着的心终于放下来，两边悬崖中间隔着一条喘急的河流，它跳下去不死才怪呢。

他逮住小豹子了。

放开它，危险！父亲的声音颤抖得厉害。"啪啪"几下，巴布的头部受到猛烈的拍打。他昏过去了。

他醒来时，看见母豹正躺在他身边，浑身是伤。巴布吓坏了，拨腿就跑。

别跑，它已经死了！父亲拉住巴布。

原来，母豹望见巴布在追赶小豹子，不顾一切纵身跳下悬崖，幸好有一棵树挡了一下。它又从树上跳下来，顾不上浑身的伤痛，立即跳进湍急的河流里，游到对岸。看到巴布抓住小豹子，它用尽全身力气，纵身跃起，奋力拍倒巴布。这一跃一拍，耗尽了母豹仅剩的力气，它倒下就再也起不来了。

小豹子不懂得母亲已死，拼命地吮吸母豹的乳头，吮不到奶水，饿得直叫。巴布后悔极了，如果不是他，小豹子就不会失去母亲。

巴布把豹子带回家，他要好好照顾失去母爱的豹子。但是它不吃不喝，用爪子拼命地抓墙壁，用怨恨的眼神盯着巴布。那眼神叫巴布不寒而栗。

第二天，巴布早早就调好牛奶准备喂它，却发现小豹子不见了。巴布赶忙追出去。

别追了，它是属于大山的，让它走吧！父亲说。

巴布没有如父亲所愿成为一个出色的猎人。因为自此以后，他再也不打猎了。

小牛的疑惑

　　巴儿狗长得很漂亮，柔软、绵长而洁白的毛，看起来就像白雪公主。她住在童话般的小木屋里，还有专人服侍。主人非常疼爱巴儿狗，给她吃最好的狗粮，专门给她做白色的裙子，红色的帽子。常带她去美容院美容，打扮得花枝招展。还常带她出去逛街、散步。

　　昨天，小牛看了巴儿狗一眼，她就对小牛狂吠，骂小牛是下贱命，还咬了他一口。小牛很生气，一脚踢过去，把巴儿狗踢伤了，主人狠狠地揍了小牛一顿。

　　牛妈妈给小牛的伤口擦药水。

　　"妈，我们给主人干活、赚钱，而巴儿狗什么都不用干，专门花主人的钱；它天天吃那么昂贵的狗粮，而我们天天吃的是草，是不值钱的东西，主人还常打骂我们。"小牛很委屈，眼泪汪汪。

　　母牛感叹："孩子，贡献和待遇有时是不成正比的！"

　　小牛愤愤不平："这世界太不公平了！"

　　"是不公平！"母牛搂着小牛说，"不过，你想想，人类是赞美我们牛多，还是赞美巴儿狗多？"

"当然是赞美牛多，狗常被人类骂。"小牛破涕为笑。

"是的，这世界虽然有不公平的事，但我们的付出也得到肯定。孩子，多比贡献，少比待遇，你心理就平衡了！改变不了现实，就改变自己对现实的态度。"

"噢，妈妈，我明白了。"小牛说。

猩猩去做客

人类邀请小猩猩去做客，这可让他犯了愁。

"我们跟人类是近亲，现在人类进化到文明阶段，咱们猩猩还赤身裸体去见人类，真是丢猩猩的现眼。"小猩猩说。

小猩猩为见人类开始做准备，叫人订做燕尾服，学习用刀叉吃东西。每天挺胸直腰练习人类的走路姿势，学人类说话。

他练得很痛苦。

"孩子，不要为讨好人类让自己痛苦。你还是做自己吧！"猩猩妈妈心疼儿子。

"不，我要做一只像人的猩猩！"

这天终于到了。小猩猩穿上燕尾服，戴上礼帽和眼镜，在镜子前瞧了老半天，才迈着人的步子上路。

他来到一家豪华的酒店。

"阁下是谁？"一个戴大眼镜、胡子花白的老专家问。

"我是您邀请的小猩猩啊！"他昂首挺胸。

老专家围着小猩猩左看看、右瞧瞧。说他像人类又不像，说他像猩猩又不似。

"你是骗子！"专家不相信。

小猩猩急了，脱下燕尾服、礼帽、眼镜，露出毛绒绒的身子，还特意嚎叫几声。

专家相信他是小猩猩了。

"阁下怎么弄得不伦不类？我请您来是协助我们研究，要的是原生态的猩猩啊！"专家遗憾地说，"请回去吧！"

小猩猩回到猩猩群居之地，再也不能像以前那样走路、生活了。他还是穿衣服、戴帽子，看不起那些没见过世面的猩猩。

其他猩猩把他看作怪物，无法忍受它的怪异，最后把他赶出森林。

小猩猩后悔当初不听母亲的劝告：保持本色，做真实的自己最好。

不服气的猪

李大爹有一家畜牧场，养有好多动物。为了提高动物的积极性，每年年底，李大爹都要搞一次评先进活动，当上劳动模范的重重有赏。

一年一度的评先进又开始了。好多动物都想当"劳模"，有的暗中拉票。尤其是猪哼哼，叫大家投他的票。老牛不理睬这一套，当不当"劳模"，对她来说无所谓，她只想干好自己应该干的话。

最后，老牛又是以最高票当选为"劳模"。

猪哼哼很不服气，找李大爹吵："同样是畜生，为什么老牛年年当劳模，我们就没份？"

"你好吃懒做不干活的时候怎么不吵？一到有荣誉时你就嚷嚷不公平。"李大爹没好气地说。

"你们人类就是偏心眼。对牛尽唱赞美诗，什么'吃的是草，挤出来的是牛奶'；什么'俯首甘为孺子牛'！我们猪类，睡的是臭气熏天的猪窝，吃的尽是难吃的猪潲，献出来的是营养丰富的猪肉。可从来没有人为我们猪歌功颂德过，还骂我们猪狗不如，讽刺我们'猪鼻子插葱——

装象'！"猪哼哼忿忿不平。

"是啊，偏爱牛，瞧不起我们猪类，太不公平了！"其他猪也跟着猪哼哼起哄，吵闹个不停。

"好了，不要吵了！"李大爹说，"想要荣誉，就得付出！猪这么喜欢听颂歌，我想到一个好主意。"

"什么好主意？"猪哼哼十分急切，"快说！"

"以后，你干牛的活，明年让你当劳模。好不好？"

"不好！我才不愿意像牛那样，累死累活，只有草吃。我们猪类，住的虽然脏乱差，好歹不用干活，还有人伺候！我去睡大觉。"猪哼哼说着就向猪窝走去。

"算了，我们还是当猪。"其他猪也说。

黄鼠狼的独门秘诀

一只小黄鼠狼正在觅食，一头凶猛的狮子发现他，悄悄地向他靠近。小黄鼠狼无意间看到狮子，拨腿就跑。狮子在后面追赶。黄鼠狼非常害怕，怕被狮子吃掉，吓得尿流屁滚。

狮子突然停下来不追了。

黄鼠狼搞不清狮子葫芦里卖的是什么药。他躲在一棵大树后，边喘气，边偷看狮子。狮子看起来很难受，黄鼠狼想起妈妈的话：黄鼠狼家族有独门秘诀，遇到危险赶快放屁。

是不是屁起作用了呢？

狮子休息一会后，见到黄鼠狼正躲在树后，他又追上来。黄鼠狼急中生智，屁股朝着狮子，用力放屁。

"真臭！"狮子捂住鼻子，昏头转向，倒在地上。黄鼠狼不敢再偷看狮子了，趁机逃生。

黄鼠狼跑回家，告诉妈妈今天的遭遇。妈妈夸他机智。他得意地说："哼，什么森林之王，还不照样给我熏昏！"

164

黄鼠狼再也无心读书，到处惹事生非，称王称霸。谁得罪他就使出绝招——放屁。他的臭屁招屡用屡得手，森林里几乎没有哪个动物不被他熏昏过。

一天，猴子跟黄鼠狼争东西，黄鼠狼又拿出独门秘诀，猴子果然被它的臭屁熏倒。黄鼠狼要咬猴子，谁知猴子一个鲤鱼打挺跳起来，一把抓住他。

"哈哈，黄鼠狼你这回死定了！"

"啊，原来你是假装熏倒！你脸上戴的是什么东西？"黄鼠狼惊讶地问。

"没想到你的臭屁也会失效吧！告诉你，这个是我们刚研制成功的防毒面具！戴上它，什么毒气臭屁都不怕。"

"原来是高科技产品！难怪我的独门秘诀失效！看来，我们黄鼠狼也要与时俱进，研制反防臭屁的秘招。"黄鼠狼感慨。

人和猪

　　山娃提着一桶猪潲走进猪窝，见猪正在睡懒觉，想到自己天天要上学读书，还要像牛一样干活，累得像狗一样，便气不打一处来，一巴掌拍在猪屁股上。

　　"你这死懒猪，快起来！"

　　猪被拍醒了，哼哼唧唧，很不高兴主人扰其清梦。

　　"我在外面拼死累活，回家还要服侍你。你这好命的猪，吃饱了睡，睡饱了吃，什么活都不用干，还敢给我脸色看！"山娃更加不高兴了，用勺猪潲的勺子拍猪的脑袋。

　　"你以为我容易吗？整天窝在这臭烘烘的地方，没有一点自由，还要被你们人类打骂、宰杀。"猪显得很委屈。

　　"你这忘恩负义的猪！供你吃好、睡好，你还说风凉话。我过的是什么生活呀？连猪都不如！"山娃更生气了，把装猪潲的木桶扔在地上。"咚"一声，木桶裂开了，猪潲流了一地。

　　"山娃，你错了。做人多好啊，有自己的目标，有自己的思想，有自己的生活。我羡慕你们呢，有书读，有文化，将来可以飞出这山沟沟。"

"你羡慕我，我还羡慕你呢！"山娃说，"我家穷得叮当响，哪有你说的那样好，随时可以来一场说走就走的旅行！"

"我知道山娃的确不容易，"猪眼睛骨碌碌转一圈，"我想到一个好办法，可以改变你的命运，可以让你开心。"

"什么办法？"山娃竖起耳朵听，满含希望。

"这样吧，咱们交换一下角色。我做人，你做猪。你待在猪窝，啥都不用干，只管吃吃喝喝，长肥肉。我每天给你喂猪潲。"猪嘻皮笑脸地说。

"做你的猪梦去吧！"山娃用勺子狠狠地打猪的头，"我还是愿意当人！"

雪花鸡

　　我家的大母鸡正在孵蛋，沉浸在即将当母亲的幸福之中。她黑色的鸡毛上点缀着白色的圆点，我叫她雪花鸡、阿雪。

　　一个个小鸡从鸡蛋里破壳而出，探头探脑地张望外面的世界。阿雪忙张开翅膀把孩子们都拢到自己身下。

　　阿雪闭上眼睛享受着。一只调皮的小鸡钻出她的翅膀。

　　突然，阿雪听到惊慌失措的叽叽声。一条水桶粗的大蟒蛇正盘在鸡窝旁，嘴里叼着一只小鸡！

　　放下我的孩子！阿雪气愤地从鸡窝里跳出来，扑楞着翅膀，像一架轰炸机似的向大蟒蛇冲去，用尖尖的喙狠狠地啄大蟒蛇的头部。大蟒蛇疼得呲牙咧嘴，嘴里的小鸡也掉出来。

　　蟒蛇也不是省油的灯，竖直身子，头部高昂，蛇信子"嘶嘶"直响，左右摆动。当阿雪冲过来又要啄他的时候，他头一偏，反过来迅猛地咬住阿雪的翅膀，用力撕扯。阿雪的翅膀被大蟒蛇咬断了，她趁机断翅逃生。大蟒蛇满嘴是鸡毛和血。

大蟒蛇和阿雪各有损伤，他们都疼着，对视着，恨着。

大蟒蛇又昂首挺胸朝鸡窝进攻了。在一旁稍作歇息的阿雪见状猛冲过来，张开受伤的翅膀挡在鸡窝前。大蟒蛇的头左右摆动，蛇信子像喷着复仇的怒火。双方僵持片刻，大蟒蛇张开大嘴向阿雪咬去，阿雪赶忙跳开，躲过大蟒蛇的利牙。见阿雪跳开，大蟒蛇以迅雷不及掩耳之势向小鸡发动进攻。

眼看小鸡就要成为大蟒蛇腹中之物，阿雪用尽全身的力气凌空飞起，狠狠地向大蟒蛇啄去。这次目标十分准确，正好啄中大蟒蛇的眼睛。大蟒蛇疼得左摇右摆，不敢再恋战。

瞎了一只眼的大蟒蛇逃走了，断了翅膀的阿雪奄奄一息。

阿雪死了。我对母亲说，别宰她。我把她埋在后山。

人狗情

　　三婆的家人在一场车祸中死了，只剩下她一人孤苦伶丁，靠拾荒为生。

　　一只小狗蜷伏在垃圾堆里，瑟瑟发抖。"多可怜的小狗，是谁丢的狗啊？"她捡一块骨头放在它前面，"吃吧，看你饿坏了！"

　　三婆就坐在小狗旁，等它的主人来认领。夜已深了，还不见有人来。"走吧，先跟我回家。"

　　小狗跟三婆回家后，她用破棉絮给它铺了个床。"睡吧，孩子！"她改口叫它孩子，它白白的毛使她想起白白胖胖的孙子。

　　一连几天，三婆都带小狗出去拾荒，目的是让主人找到它。"找到主人你吃喝不愁了，跟着我捱穷受饿。你别不开心，我不是嫌弃你，有你作伴，我开心着呢。"三婆变得爱说话了，对着小狗说个不停。

　　小狗的主人找到它了，高兴地拿一叠钱酬谢她。三婆不肯要。小狗叫个不停，不肯跟主人回家。

　　三婆说："我以后会去看你的。"小狗这才跟主人走。

"孩子，吃饭喽！"一连叫了几声都没有回应，要是往常，它早已汪汪欢叫着，跑到她眼前撒娇了。

"瞧我老昏头了，忘记你回家了。"

"汪汪"，三婆听到熟悉的叫声，她赶紧打开门，是小狗回来了！她抱着它亲，它也亲热地舔她，就像久别重逢的亲人。

"果然在这里！"主人找上门。狗狗回去后不吃不喝，挣断链子跑回三婆家。

"狗狗舍不得你，你到我家住吧！"主人说。

"我有手有脚能养活自己！"三婆不愿意。

"我们家正要请个人打理花园，搞搞卫生。您去帮我们的忙，好吗？"

"好！"三婆爽快地答应了。

看见小狗跟三婆在一起那么开心，主人觉得辞退原来的工人很值得。

圈养的猎豹

花花已成长威猛的大豹子，巴东还是把它当作小孩子般疼爱，每天给它新鲜好吃的鸡鸭，还有牛奶喝。花花的嘴也刁得很，稍为有点变味的东西就不吃了，隔夜的东西它瞅都不瞅一眼。

巴东，你应该把它放回森林，让它自己生存！巴东的妻子多次建议。

巴东总是摇摇头，舍不得，怕它没有生存能力。

这么多年把花花当孩子般溺爱，巴东是为自己的良心赎罪。

当年他跟父亲去狩猎，误杀了一只母豹，它嗷嗷待哺的幼崽成了孤儿。他把这只可怜的幼崽带回家抚养，以赎自己的罪。

妻子说，巴东，你不是故意杀死花花的母亲，这么多年你已还清债了。你不欠它的了，你亏欠的是我和孩子的！你现在最应该做的，是训炼它的生存能力，放它回森林。这对它，对我们的家庭都好。

妻子的话，巴东还是听不进。妻子无法忍受，最终带着孩子离开了巴东。

祸不单行，巴东失业了，连自己都养不起了，不得不把花花放回森林。

重回森林的花花怯生生的，毫无作为猎豹的威风。那些小动物一见它，开始都怕得不敢靠近。时间久了，它们都不怕了。猴子抓它的尾巴，兔子捋它的胡须，连蚂蚁也爬到它头上，花花也不敢发怒。

一周之后，巴东再到森林看望花花时，只见它的尸体。它是饿死的。

巴东后悔不迭。是自己的溺爱杀死了花花，也导致妻离子散。他决定去寻找妻子和孩子，找回丢失的人生要义。

在出租屋的日子

我从乡下到城里打工，住在城乡接合部的出租屋。是屋主的旧屋，只有我一个人住。

有一次我上夜班回来，经过一块空旷地，后面有一个黑影跟着我。我故意快走，它也快走；我故意慢走，它也慢下来。我心想：遇到坏蛋了！我拨腿就跑，后面的黑影跟着追上来，一把扯过我的背包。是一个男人。突然，一个黑影腾空而起，把扯包的黑影扑倒在地。那个腾空而起的黑影，是一条黑色的狗。

"大黑，谢谢你！"我抱着它，像见到亲人。大黑是只流浪狗，几个月前曾流浪到我的出租屋。那时我正在吃饭，随手把几块骨头丢给它。它饿慌了，很快把骨头啃得精光。

"大黑啊，你比我还可怜！"以后，我一见到大黑来，就随手丢些好吃的给它。

大黑的肚子渐渐大起来，快当母亲了。后来，我就没再见到它。

我也恋爱了，怀孕了。就在这时，他提出分手，我不同意，他就从人间蒸发。我不能打掉孩子，无论多艰难都要生下来。

半夜，我的肚子突然痛起来，可能是要生了。我疼得走不动，连续打几个人的手机，都关机。我疼得晕了过去。

"嘭嘭"一阵敲门声，把我弄醒。我几乎是爬到门口。

孩子生下来了，是双胞胎。医生说，幸亏来得及时，要不一尸三命。

"谢谢梅姐的救命之恩！"梅姐是我的屋主，是她送我到医院。我很奇怪，那晚她怎么知道我晕倒。

"那晚有条狗在我的新屋拼命地吠，用爪子抓门。我打开门，狗就咬着我裤腿往旧屋的方向拉。我想可能是你快生了，就叫老婆起来。是狗救了你一命。"

那条狗就是大黑。

鸵鸟的幸福

一个富人到非洲旅游，在沙漠迷了路。他遇到一只鸵鸟。这鸟长得高大健硕，起码有两米多高，奔跑起来像疾风。

他把随身携带的东西都放在鸵鸟身上，让它驮着。它很通人性，温顺极了。他累的时候，拍拍它背，它就蹲下来，让他骑在它身上。他随身带的水越来越少了，为了活命，他自己喝，不分给鸵鸟。它几天几夜滴水不进，居然也不渴。有时它把头伸进沙子里，身子留在沙外，当它把头从沙子伸出的时候，一副非常享受的样子。他觉得这种鸵鸟太神奇了。

鸵鸟带他走出沙漠。

"谢谢你，鸵鸟。我要带你回家，好好报答你，让你幸福地生活！"他抱住它。

他花了一大笔钱叫人从非洲运回这只鸵鸟，又花了巨款建了一座漂亮的别墅给它住，请来最好的厨师给它做最好的食物。一只鸟这般锦衣玉食，不知羡慕死多少人。可是鸵鸟对那些叫人垂涎三尺的美食，看也不看一眼。它越来越瘦了，总是耷拉着脑袋，无精打采。

"可能它没伴，太孤独了。给它找只公鸵鸟吧。"有人建议。

富人又花了笔巨款买了只公鸵鸟，让它们生活在一起。一开始，母鸵鸟可高兴了，两只鸵鸟一起进食、散步，恩恩爱爱。可是它们都显得很忧郁，没有富人想象的那么幸福。

两只鸵鸟都生病了，公鸵鸟死了。母鸵鸟不吃不喝，奄奄一息。

"放它回沙漠吧！"有人说。

富人把它送回沙漠，它立即精神百倍，在沙漠中狂奔。把头埋进沙子里，又伸出头，抖抖身子，一脸的幸福。这种幸福在富人家从来没看见过。

原来鸵鸟的幸福这么简单，只是一堆沙子。富人喟叹。

鹦鹉英子

自从妻子走了之后，我没有再结婚。我独自住在一套房子里，满屋空荡。

幸好有英子陪伴我。

"英子，我回来啦！"每天一回到家，我首先向英子报告。

"亲爱的，您回来啦！"英子欢叫着，要向我扑过来。那用词那语调，跟我妻子陈英一模一样。只是英子不像我妻子那样，会给我拿上拖鞋，端上一杯热气腾腾的茶。

四年前，我和深爱的女友陈英结婚了。

陈英怀孕后辞职在家养胎，我怕她寂寞，给她买了一只鹦鹉作伴。这只鹦鹉很聪明，你教它说什么它就说什么。有时，我跟陈英的对话，它也会记住。比方说，办公室有十多位老师，都担任班主任。我们多次申请安装一部电话机，方便跟学生、家长联系。某领导说，你们可以到其他办公室打电话嘛。老是到其他办公室打电话，占用别人的资源，不是很方便。于是，我们又向学校申请。又一个领导说，这个问题等我们领导班子讨论后再说吧！

有一天我回到家，鹦鹉问我："教师办公室安装电话了吗？"

我和陈英相视而笑，也更加喜欢这只聪明的鹦鹉，给它起名叫"英子"。

以后，英子不时问我："电话安装了吗？"我总是摇头。见我显得不开心，英子马上显得很沮丧。

陈英因难产死了。

一年后，英子做了母亲，有了可爱的小鹦鹉。

做了母亲的英子，偶尔问起我："电话安装了吗？"

我的回答，又总是让英子很沮丧。后来，它不再问了。

这天，我回到家，兴奋地告诉英子："我们办公室终于安装电话了！"

英子先是愣了一下，歪着脑袋好像在想什么，然后激动地叫起来："噢，成功了！耶！"

流浪的小狗

威廉住在远离市区的一套房子，很偏僻。他今年八十岁了，身体每况愈下。他的妻子早就离开人世。

独子麦克在另一个城市工作，已经有好几年不回来看威廉了，只是偶尔打个电话回来问候一下。每次接到他的电话，威廉像过节一样快活。

麦克说工作忙，孩子小，走不开。威廉说，你带孙子回来，我帮你看。麦克不同意，说孩子要跟父母生活在一起，才有利于他的成长。

威廉苦笑。当年，他也是这样对独自住在乡下的父亲说。现在，他终于明白的，父亲是多么渴望儿子在身边。遗憾总是轮回着。

威廉知道自己时日不多，特意找律师，留下遗嘱。他把旧怀表留给麦克，其他东西全部留给怀特。

律师很纳闷：麦克是威廉的独生子，为什么把那么多的遗产留给怀特？这老头子也太偏心了！

"威廉先生，您的遗嘱还有要修改的地方吗？"律师忍不住问一句。

"没有了，就这样。怀特，我们走。"

蹲在一旁的怀特欢快地跑到威廉跟前，亲昵地蹭他、舔他。

五年前，独居的威廉在街上看到一条流浪的小狗，把它捡回家，相依为命。威廉叫它怀特。怀特给威廉的晚年生活带来无限快乐和慰藉，他早已把它当儿子了。

依莎的兔子

只有决斗！

布沙和布拉同时爱上酋长的女儿依莎，谁都不愿意相让。

按照部落的习惯，这种情况只有通过决斗解决。谁英雄谁狗熊，决斗中分晓。每年的决斗都有人丢了性命。

这两个人依莎都喜欢，死了哪一个她都会伤心。

"这次决斗换一种方式，谁先把一只兔子打死，谁就是赢者。"酋长说。

决斗的时刻到了。依莎提着一个笼子，里面装着宠物兔子。那只兔子可是依莎的宝贝，怎么舍得拿它当靶子？

兔子可怜巴巴地看看这个，又瞅瞅那个，仿佛知道自己今天的大限已到，扑腾个不停。

布沙和布拉都举起枪，做好射击的准备，只等依莎一声令下。

依莎把兔子从笼子里取出来。

"准备好！我数一二三。预备，三，二……"

"停！"布沙叫停，他放下枪说，"我退出决斗！"

"你退出，那算我赢了！"布拉得意洋洋。

"怎么啦，布沙？你不喜欢我吗？"依莎问。

"依莎，我喜欢你。但兔子是你的心爱之物，我打它就等于打你！"

酋长宣布：布沙为胜者。

用兔子作靶子，是依莎的主意，想借此看看谁有仁慈之心。

该死的蚂蚁

"轰隆"一声巨响，一幢建成使用不到一年的教学楼，像推倒的积木一样倒塌，扬起的烟尘灰了整个森林王国。这时，小动物正在教室里上课。除了少数动物成功逃生，其余的都被埋在废墟下。

老虎国王很震惊："这只是五级地震，一个通过森林王国最高级别检验的优质样板工程如此不堪一击，肯定有猫腻。一定要彻查！"他派出几批专家去查。专家说没有质量问题，是地震威力太大。

兔子、母鸡等自发组织人员来现场查。听到风声的猴子市长火烧屁股般赶到现场，拿着一只大喇叭喊话："森林王国发生地震，我万分悲痛。但现在主要精力要用于灾后重建，不要搞内讧，我们会再组织专家检查工程是否有问题。你们都回去吧！"

终于，专家在废墟下发现几个蚁窝，经过多方论证，得出结论：蚂蚁挖空大楼底下的泥土，造成地基不稳，地震一来，楼就崩塌了。

责任在蚂蚁！

兔子、母鸡们不信。猴子说："你们要相信权威，不能乱怀疑！我和你们一样悲痛，恨该死的蚂蚁。我一定会严惩蚂蚁！”

这事就这样不了了之。

某一日，在澡堂，包工头狐狸给猴子搓背，讨好地说：“多谢猴哥！”

“谢什么！我又没有帮你什么。”猴子闭着眼睛说。

“猴哥说得对，您没有帮我。放蚂蚁的黄鼠狼我会解决好！”说着，狐狸更使劲地搓，搓出猴子一大堆黑乎乎的东西。

没多久，猴子和狐狸被抓起来。据说，蚂蚁不甘被冤枉，在兔子等动物的帮助下，找到他们犯罪的证据，还出庭作证。

没想到输给该死的小蚂蚁！猴子和狐狸心里骂道。

奇猪

村里人都说朱三是个怪人，人家城里人把小猫小狗当宠物，他却把一头大母猪当宠物，跟母猪同吃同睡。

听说训练猪跳水，能增强猪的体质，提高其肉质。经过训练的猪，其肉价格是普通猪的四倍。朱三听了很心动，把母猪赶到小桥上，叫它跳下河。母猪看那桥这么高，怕了，哼哼唔唔，不肯跳下去。他一把推它下去。一回生二回熟，就这样，母猪学会跳水，成了闻名遐迩的"名猪"。猪见得多了，但会跳水的母猪就没见过，来看新奇的人比村里的狗尾巴草还多。

他带着"奇猪"到处表演，赚了不少钱。有人出高价买他这头会跳水的母猪，朱三说什么也不同意。这猪成了他的摇钱树，他才不会那么笨卖掉它。

一天夜里小偷光顾他的家，拿着一个包就往外跑。

"什么人？"朱三大声呵斥，小偷撒腿就跑。"放下东西！"朱三夺过他手中的包。这包里有钱。

小偷亮出匕首，恶狠狠地向朱三的胸口刺去。就在这时，突然，奇猪像箭般射过来，一跃而起，迅速咬住小偷的手。小偷反转身，向奇猪刺去，刺中其肚子。奇猪忍住痛，一头向小偷撞去，把他撞出老远。奇猪也倒在地上，血流一地，奄奄一息。

朱三给奇猪包扎。他很奇怪，前几天，这奇猪在表演中摔断了腿，这几天都不能表演，让他损失了不少。摔断了腿的猪就成了废猪，他正想找个买主卖了呢，没想到它救了自己。

"猪猪，你是我的救命恩猪，我会好好爱你的。"朱三抚摸着奇猪深情地说。奇猪不吭声。

第二天，奇猪不见了。

后来，有人说，在山上见到有头野猪，很像朱三家那头奇猪。

后记：在方寸间舞蹈

闪小说是小说家族的后起之秀，被称为指尖之舞，浓缩的精华，诗中的绝句。

2007 年的早春 2 月，天涯社区发起"超短小说"征文，要求每篇字数限制在"一百八十至二百一十字以内"。"超短小说"经多方论证，最后取名"闪小说"。后来，闪小说字数限定在六百字以内。

闪小说英文叫 flash fiction，在西方源远流长，伊索寓言是它的源头。在中国，先秦诸子的寓言、魏晋以降的笔记志怪，直至清代《笑林广记》、蒲松龄的《聊斋志异》，"闪小说"也闪烁其中，只是名称不同而已。不管在哪个国家、哪个年代，"微型、新颖、巧妙、精粹"是这种小说的共性。

"闪小说"作为一种小说名称进入当代中国时间并不长，但是由于闪小说本身的文学特征，适应现代人快节奏的生活，符合碎片化阅读的需求，彰显快节奏时代的阅读特色，有意义、有趣味，是文学一次华丽的"瘦身"，是高度浓缩的精华，是精致的"邮票"，是在方寸间舞蹈。因此，在不长的时间里，闪小说迅速崛起，如雨后春笋，锐不可当，其风行天下引领阅读新潮流，如同一道强劲的闪电，划亮微型小说的天空。

闪小说的繁荣表现为：一是写作者众多，名家、新手纷纷拿起笔创作闪小说，一时间，写作队伍数以万计；二是读者青睐，追随者众多，有的从闪小说读者变身为写作者；三是闪小说作品集大量出版，有的还上了图书销畅书排行榜，以至于有报刊惊呼："当下流行闪小说！"

闪小说在中国的影响力还延伸至海外。海外不少报刊纷纷选载、推介大陆闪小说。专栏作家蒙娜莉萨·索菲惊呼："时下，闪小说的身影无处不在。这种体裁吸引读者、震动文坛，那些故事是如此多种多样地涉及到人性本质。"是的，闪小说虽然篇幅"短小"，但已彰显出非凡的影响力，发展后劲强大。

此外，海外不少名声在外的作家也加入闪小说的创作队伍，不遗余力地推广闪小说，如泰国华人作家司马攻、马来西亚作家朵拉、新加坡作家希尼尔、菲律宾华人作家王勇，等等。

有人说闪小说是"灵感的火花，心灵的闪电。"这话很形象。我第一次接触闪小说，的确有闪电划过心灵般的震撼。

2007年春天，当朋友告诉我有"超短小说"征文，我眼前一亮，心中一喜，积极参与这个活动，挑战"超短"的极限。

我全力投入闪小说的写作中。一有灵感，就算是半夜睡在床上也一跃而起，拿起笔快速记录下来。短短一个月，写了数十篇闪小说。我的"痴迷"总算没白费，在几千篇应征小说中，我的闪小说过五关斩六将，最后"闯入"《卧底：闪小说精选300篇》。此书是中国出版史上第一本闪小说集，由著名寓言作家马长山和程思良主编，它在汉语闪小说写作中具有里程碑的意义。2009年，我有数篇闪小说入选《中国迷你文学1000篇》的"闪小说卷"。这两本文集在中国当代闪小说史上具有重要意义。另外，我有数十篇闪小说入选多种闪小说精选本等。

在探索闪小说写作实践的同时，我还研究闪小说的理论、写作规律等。用理论去指导写作实践，又从写作实践中去总结规律，升华理论。理论与实践相结合，相得益彰。因此，我被中国寓言文学研究会闪小说专业委员会聘为特约评论员，当选为广东闪小说委员会副会长。这对我的闪小说写作可谓是"助力"，因为在评论别人闪小说的过程，实际上就是一个学习的过程，对自己的写作很有帮助。

从 2007 年开始写闪小说，无意间，我成为闪小说在当代中国最早的实践者之一，是闪小说成长的见证人。风雨兼程，我的闪小说也写作在蹒跚中前进。至今，我已写了数百篇闪小说。这些闪小说，有的在报刊发表，有的入选闪小说集，有的"养在深闺"。故欲对自己这十年的闪小说写作来个"集结号"，以便将来更好地前进。

这本闪小说集，精选我十年来创作的闪小说。题材涉及情感、校园、仕途、乡村、悬疑等方面。这些闪小说以挖掘人性的辉光，展示人性的美好为主；同时感悟生命的尊严，透视人性的丑陋，或揭露社会的阴暗。尽量做到字少意丰，文短情长，言简意深。杯水兴波，尺素之间见乾坤，指尖之中舞出风采。